Dear My Thranduil

光與暗之詩

novel YY的劣跡

illust Gene

IV

他的名

三日月書版

聖騎士、前精靈王儲
三百歲
薩蘭迪爾・以利・安維雅
真名為瑟爾，從出生時，似乎就擁有不屬於這個世界的記憶。
在一百五十年前為了守護人類，
成為唯一一個的精靈聖騎士，也因此被精靈王驅逐。
戰爭結束後，隱居在聖城伊蘭布林，過著避人耳目的生活。

黑袍魔法師
??歲
伯西恩·奧利維
任教於梵恩城內的魔法學院，
對預言系、元素系以及幻術系三種派系皆有涉略。
是薩蘭迪爾過去的旅行夥伴「預言師奧利維」的後裔，為其侄孫之一。
對薩蘭迪爾抱有莫名的執著。

光與暗之詩

DEAR MY THRANDUIL

CONTENTS

光與暗之詩

DEAR MY THRANDUIL

CONTENTS

光與暗之詩

DEAR MY THRANDUIL

CHAPTER THIRTY NINE

墮騎士

「貝利大法師。」

來人敲響了門扉，沒等到主人允許就逕自走進來。屋裡的老人早已站起身等待，似乎早在對方進屋之前，就已經有了準備。

「我不得不告訴您一個不幸的消息，您的外孫——在外接受『歷練』的阿奇．貝利於前日不幸墜崖身亡。」

說話的人仔細觀察著眼前老人的表情，注意到對方在聽到「身亡」這個詞的時候，眼部抽搐了一瞬。隨即，老人又很好地控制住了自己的表情。

「我能問一下。」老貝利沙啞地開口，「他為何會墜崖？」

「阿奇．貝利試圖逃脫監管人的監控，在逃跑的過程中，摔下了大裂谷。我很遺憾。」來人裝模作樣地表達了悼念，「不過我們大家都希望，這一件事不會影響到我們之間的合作。考慮到您的想法，我們已經對阿奇．貝利從輕處罰了，沒想到還是會發生意外。不過——」

說到這裡，他又狡猾地轉移了矛盾焦點，「如果沒有被伯西恩．奧利維抓住的話，我們也不會知道他的告密行為，就不會發生接下來的許多事。甚至，如果伯西恩沒有把他交給『議會』制裁，要我們對您孫子的行為睜一隻眼閉一隻眼也不是不行。」

「伯西恩……」老貝利喃喃念叨著這個名字，「伯西恩，他為什麼？」

「為什麼？您還不明白嗎？」來人走出陰影，露出他那一對標誌性的彎曲尖角。

「人都是自利的，您牢牢抓著他的咽喉，扼住他的成長，他當然不滿意。所以，現在到他反擊的時候了。伯西恩・奧利維，」利維坦微微笑道，「真是一個可怕的人啊。」

「……事情正是如此。」陳述完一切，老貝利有些疲憊，「我知道，他們告訴我真相是想利用我對付伯西恩，但我已經不想再為他們賣命了，阿奇的死，他們也難辭其咎，他們和伯西恩都是凶手！」

「貝利大法師！」

「怎麼會這樣……」

身後跟隨他從梵恩城來的法師們，顯然不知道這中間的許多事，此時知道真相後，比精靈們還要驚訝。

老貝利對瑟爾指著身後的十幾人，「他們都是無辜的，並不知道我們與黑袍協會合作的事情。這些法師都可以成為您的助力，請您考慮一下吧。」

「阿奇已經死了？」沉默許久，瑟爾問。

「是伯西恩害死他的！」老貝利激動道。

「你對『魔癮』的事知道多少？黑袍協會的目的究竟是什麼？梵恩城有多少法師和他們合作？」沒有深究於第一個問題，瑟爾繼續問。

「我……知道得並不多，我只知道他們要開拓大裂谷，但是不知道他們竟然想用『魔癮』控制人類，讓惡魔重返大陸。大部分知道合作事情的法師，都是認為參與這個計畫有利於我們的研究，我們只是想弄清楚神力與法術的本質。知情人……除了我帶來的這十幾人，還有學院裡的學生們，梵恩城的其他人都是知情的。」

「所以你們暗中與惡魔混血、黑袍協會合作，使這麼多人喪命，就是為了滿足你們的研究欲望？」蒙特在後面喝斥道，「法師們都是瘋子嗎！」

「為了了解世界的真相，我們可以付出一切……我本來也是這樣想的。」老貝利痛苦地閉上眼睛，「我想，如果我能做出一些研究，就可以幫助阿奇更快掌握法術。那個孩子，他沒有天賦，根本無法在法師的世界裡生活。」

「也許他根本就不想在你們的世界生活。」瑟爾冷冷開口，「有想成為一名法師的貝利，有想成為一名畫家的貝利，也有成為了野心家的貝利。你是否想過，就是你的野心讓阿奇最終送了命？」

「我……我！」老貝利傴僂著背，抓住頭髮泣不成聲。

「把他們看押起來。」瑟爾對精靈們吩咐，「收起他們的法杖和施法工具，在我下令前，禁止任何人與這些法師接觸。還有，準備好訊問室。」

瑟爾並不相信老貝利的片面之詞，也不認為這些法師全是無辜者。不過既然老貝利自己送上門來了，他就要好好利用這群人。即便不發揮法師們的戰鬥價值，光是套取他們的情報也是很可觀的。

「是伯西恩！」老貝利突然道，「是伯西恩殺了預言師奧利維！我可以作證！你不想報仇嗎？」

瑟爾驟然轉過身，眼神恐怖。

「你剛才，說什麼？」

†††

「快看，他在那裡！伯西恩．奧利維！」

「我們該什麼時候動手？」

「不急，看他離開大裂谷是想去哪裡。」

「跟上！」

精靈們就像風一樣，無影無蹤，有著森林和動物的掩護，沒有任何人可以察覺到他們的蹤跡。他們的竊竊私語，也頂多只會被人當成風聲拂過。這群精靈一直跟著伯西恩，來到了營地外的小屋旁。

「這裡似乎關著一個人。」

然後，精靈們看到伯西恩將一個混血帶了出來。

他們聞得出尼爾身上的精靈血統，卻一時分辨不出伯西恩想對尼爾做什麼。更奇怪的是，伯西恩將混血帶出來後，並沒有立即使用瞬移法術離開，而是兩個人徒步慢悠悠地向附近的城鎮走去。

「他為什麼不使用瞬移法術？」刺殺伯西恩小隊中的一名精靈狐疑道。

「難道他發現我們了？」

「不，如果他發現了我們，應該立刻使用法術甩開我們才對。跟上再說！」

說是附近的城鎮，現在離大裂谷最近的，有活人的城市也在一千里外，而且這座無名小城也早已人心惶惶，能夠攜帶家眷逃離的權貴們都走得差不多了，只剩下窮人們與城市相依為命。

當然，除了窮苦之人之外，這處最靠近「魔癮」爆發地的前線，也聚集少不了在刀尖舔血討生的冒險者們。

木里酒館，是目前城裡唯一一間還營業的酒館，能來這裡消費的都是到前線打探「魔癮」情報的職業者。因此，一開始伯西恩帶著尼爾出現在酒館裡的時候，並沒有引起別人的注意，他們看起來就像再普通不過的法師和輔助職業的組合（雖然一般隊伍很少帶吟遊詩人作為輔助）。

伯西恩在靠窗的位置坐下，尼爾在他對面，用審視的眼光打量著他。

「你在等誰？」吟遊詩人問，伯西恩不理睬他，他又繼續問，「不使用法術，不隱匿蹤跡，你準備就這樣去行刺精靈王儲嗎？」

伯西恩替自己點了一杯紅酒，幫尼爾要了一杯清水。

這家酒館的紅酒品質不怎麼樣，伯西恩喝了一口就皺眉扔到一邊，順手將尼爾面前還沒動過的清水拿了過來。

尼爾：「……」

過了好一會，他又開口：「你以為你不說，我就不知道嗎？你是不是在等黑袍協會的人與你會合？」

他緊緊盯著伯西恩的臉。

這幾天太奇怪了，伯西恩將他帶出來，四處慢悠悠地走動，生怕別人沒發現他的蹤跡似的。他為什麼這麼做？他又為什麼要告訴自己黑袍協會裡有神殿的人？他的目的究竟是什麼？

……他真的要殺了艾斯特斯嗎？

和瑟爾一樣，吟遊詩人也弄不清楚伯西恩的想法，即便對方是和他有一半相同血脈的親人。

伯西恩喝了幾口清水，直到清水滋潤了喉嚨，才緩緩開口。

尼爾緊張地等待著他的回答。

「在洛克城的時候，是你唆使瑟爾去假扮女裝的。」伯西恩聲音低沉。

「……」

那都是什麼時候的事情了！再談有意義嗎？

尼爾不耐道：「那和你有什麼關係？」

伯西恩沒有正面回答，而是說：「我一直以為自己不會有伴侶。一個實力足以與我匹敵，智商不拖後腿，情商也夠高，在我做法術實驗的時候永遠不會來打擾我，在我想要有對手的時候也足以成為我的對手。她有自己的理想，而且完全不低於我的，我們可以並肩一起實現它們。並且，她必須擁有令人滿意的容顏。這樣的女性，我以為根本不會存在。」

你確定你這個要求，要找的是個女人嗎？而不是伙伴兼競爭對手兼女神？還要求容貌！

尼爾沒想到伯西恩也是這麼低俗的人。

「法師也會欣賞美。」伯西恩看了他一眼，「至少不能比我差。」

尼爾看了一下伯西恩的外貌，覺得能滿足這個條件的人真的沒有幾個。

「但是這和我要薩蘭迪爾假扮女……」

吟遊詩人突然頓住了，他仔細回想那幾個條件，再看向伯西恩的目光簡直帶著悚然，「你瘋了，不要命了！」

伯西恩輕笑幾聲，似乎為成功戲謔他而感到愉快。

「這些只是客觀標準。而客觀標準，不會使我愛上一個人。」

尼爾鬆了一口氣。

而伯西恩沒有說的是，如果在明白已經動了心後，才後知後覺地發現對方完全符合自己的一切標準，那麼，之前所有自欺欺人的掩飾和假象，都將不復存在。

恍然大悟的是，或許早在初見的那一刻，就已經萬劫不復。

伯西恩沉默著，尼爾也想著自己的心事，就在此時，外面傳來一陣喧嘩。

「他往這裡跑了！」

「抓住他。」

匡啷啷——酒館的大門被人用力撞開，一個高瘦的男人跌跌撞撞，倒在了地上，刺鼻的血腥味撲面而來。正在人們以為這又是一件普通不過的鬥毆爭端時，整潔有力的腳步聲逼近酒館門口。

有人打開了門。明亮的鎧甲，耀眼的髮色，還有象徵著光明的紋章，幾乎閃瞎昏暗酒館內人們的眼睛。

「是聖騎士！」

「光明神殿。」

在眾人的驚呼聲中，倒在地上的男人掙扎著爬起身，低頭摀著傷口。跟著進來的聖騎士看著這個不斷掙扎又倒地的男人，目光中有憐憫也有忿恨。

「無論如何，你要為自己背叛信仰的行為贖罪，墮騎士艾迪！」

這個時候，尼爾看見伯西恩輕輕轉了轉杯緣。

†††

神僕們剛剛結束了每日的晨禱，向臺上的老人行禮後從神殿的兩側魚貫而出。有人從外面走了進來，與離開的神僕們目的地相反。

他走到了老人面前。

「聖騎士團已經發下了逮捕令。」伊馮說，「只要發現艾迪，就會立刻把他帶回來。」

正在背誦聖典的老人抬起頭來，蒼白的雙眼中閃過一絲喟嘆。

「艾迪是我看著長大的，他是一個善良的孩子。」

「但是太過善良，會讓他迷失自我。」伊馮說，「我也親眼看著他從騎士候補晉升到聖騎士，但和您不一樣，我察覺到了他的缺點。他的信仰不夠堅定，容易被無謂的外物迷惑。所以這一次，他才會做出叛逃神殿的舉動。」

已經晉升為光明神聖騎士團團長的伊馮，語氣冰冷，談論著艾迪時，就像在說一個不相干的陌生人，而不是幾次與他相依為命的伙伴。如果說，在與瑟爾外出歷險時，伊馮為人嚴謹但還有幾分生氣，那現在的他就像一個石膏做的雕塑，外表完美，卻沒有熱血與靈魂。

他說：「我們將一切獻給都伊，艾迪卻背叛了誓言，就必須受到懲罰。我來此是為了告知您，我已經派屬下的騎士去抓捕艾迪了，生死不論。」

光明聖者嘆了口氣，「事已至此，艾迪他在信仰上的掙扎與彷徨，也是我們在實踐真理的路上必不可少的犧牲。我們會銘記他。」

伊馮對聖者深深地一鞠躬，轉身離開。

「你派了哪一位騎士去追捕他？」在他踏出門前，光明聖者最後問。

「豪斯。」

†††

酒館內，艾迪掙扎著起身，他沾滿血跡的手撫上一旁的椅背，留下一道血痕。

「我沒有背叛信仰。」白金色短髮的騎士說，即便他已經重傷至此，他的目光也從未變得軟弱，「正是為了堅持自己的信仰，我才離開了神殿。」

被稱為豪斯的聖騎士顯然並不相信他。

「你讓我很失望，艾迪。」他說，「當我第一次在白薔薇城外見到你的時候，我還是一名『受戒』中的騎士候補。你和伊馮大人都是出色的聖騎士，你們是我的目標！可是現在，瞧瞧你的模樣，背叛神殿，躲在酒館內，像隻過街老鼠一樣被人追趕。你身上哪裡還有騎士的榮譽？哪裡還有信仰？」

艾迪咳了一聲，「我沒有背叛……」

「夠了！」豪斯突然怒吼道，「你在神殿最需要你的時候違背伊馮大人的命令，這就是背叛！現在不少地區的光明主教失蹤，正是人心惶惶的時候，然而大家還是齊心一致地對付『魔癮』。然而你呢？你卻是一個臨陣脫逃的膽小鬼。」

啪啪啪，有人鼓起掌來。

在其他人都安靜地看著這一齣戲時，掌聲從酒館的角落傳來，顯得十分突兀。與掌聲一起傳來的，還有一個戲謔的聲音。

「說的很好。光明神殿團結一致地應對危機，背叛者卻臨陣脫逃，畏畏縮縮。相比之下，貴神殿的其他人都顯得高尚起來。不過，你們對付『魔癮』的成果在哪裡？『魔癮』到現在還沒有被扼制，光明神殿做事還真是有效率。」

「是誰？」豪斯的目光轉向酒館內，「如果閣下有不滿，請當面指教。」

沒有人說話，面對聖騎士犀利的目光，所有人都恨不得裝成地鼠，鑽到細縫裡去。

這個時候，一個人影踉蹌地，被人推了一把似的從角落裡走了出來。

「是你。」豪斯盯著他，「閣下對光明神殿，似乎有些意見？」

尼爾的確是被人推了一把。他瞪了一眼伯西恩，明明是法師自己出口挑釁，卻把他推出來做擋箭牌。然而，事態已經不可挽回，他只能強迫自己鎮定。

艾迪也抬頭看著這個水藍色頭髮的陌生人，在注意到對方碧翠色的眼睛時，心狠狠跳了一下。

「我們的事與外人無關，豪斯！」他勉力擋在尼爾身前，想要遮住對方的視線，「不要將無辜者牽扯進來，這難道不是都伊的教義嗎！」

豪斯猶豫了一下。

「你說的對，我不該遷怒其他人。看在你這時還堅守教義的份上，艾迪，只要你乖乖跟我回去接受神殿審判，我就不會再為難你。」

艾迪舉起手：「……好。」

眼看聖騎士就要用枷鎖拷住墮騎士的手，突然有人出聲。

「等一等，我好像沒有說過這件事與我無關。」尼爾忍不住開口，「這位騎士大人，你剛才說光明神殿正在殫盡竭力地對付『魔癮』，不過你們是否知道，西方樹海被圍困的消息呢？」

「你……」

豪斯看向這個陌生人，在看到尼爾的碧翠色眼睛時，愣了一愣。

「精靈的血液可以防治『魔癮』，這個謠言已經傳遍了大陸，導致現在整個大陸的有生力量都不研究怎麼對抗魔化生物，反而都圍困在精靈樹海，想要榨取精靈們的每一滴血液。敢問，這和貴神殿的『殫盡竭力』有沒有關係？」

「這是誣衊。」豪斯有些惱怒地道，「薩蘭迪爾大人是我們可敬的盟友，我們怎麼會對他的族人做出不義之事？」

「那薩蘭迪爾和他的族人被圍困，你和你們神殿為什麼沒有派人去援助這位『可敬的盟友』？」尼爾反問。

豪斯一時啞然，畢竟這些事哪是他這個等級的人物可以知曉的。

尼爾卻抓住了他的停頓，進一步道：「你剛才說這位『墮騎士』背叛了神殿，是因為他不履行神殿的命令，擅自脫逃，還背棄了信仰。他有無背棄信仰暫且不談，難道你就沒有問過他，神殿究竟下達了什麼命令給他，讓一位忠心耿耿的聖騎士寧願冒著背叛的風險，也不願意執行？這個命令是不是違背教義，是不是違背他的信念，甚至是違背道德的！」

尼爾作為吟遊詩人遊歷大陸，口才可不是只知道練武的聖騎士可以相比的。豪斯一時被他追問得啞口無言，又窘迫又尷尬。

「即便……即便他對命令有所懷疑，也可以請聖人裁決，而不是臨陣脫逃。」

「聖人？喔，你是說光明聖者，不如我們來親自問問他。」尼爾低頭看向艾迪，「前聖騎士先生，你既然遇到不公與不正，為何不向你們的聖者、神明，請求公正的裁決？」

艾迪的眼中流露出痛苦，曾經意氣風發的聖騎士此時低下了頭顱。

豪斯見狀，心裡頓時一片冰涼。

「艾迪，你——」

「看來他在光明神殿看到的真相，遠比你這個自以為是的聖騎士多得多！」尼爾突然彎下腰，扶起艾迪，「而今天這個人，你們是帶不走了！」

酒館內突然爆出一陣煙霧。尼爾趁機扶著艾迪，想要離開。

「不，我不能……」

「別掙扎。」尼爾悄聲對他說，「如果你想見到薩蘭迪爾，就跟我走。」

艾迪看了他碧翠色的雙眸一眼，不再反抗。

等豪斯揮舞著雙臂從煙霧中脫身，只能看見他們遙遙跑遠的身影。

「追！」

他正欲指揮神殿的僕從們追趕，猝不及防的冷箭從角落裡射來，擋住了他們的去路。

等這一陣箭雨過去，眼前哪還有艾迪和尼爾的身影。

豪斯臉色鐵青，甩手離開。

尼爾憑著一時不忿將艾迪帶走，卻因為沒有完整的計畫，在半路上就猶豫起來。他自己本身就是別人的半個囚徒，要如何帶一個傷患遠赴樹海？

艾迪看出了他的猶豫。

「不要顧慮我，請您自己先脫身吧。」

尼爾瞪了他一眼，「你們聖騎士都是這麼『無私』的嗎？放心，我說了要帶你走，就不會食言。」

話一說出口，他就覺得自己說了大話。他離開樹海的方式本身就引人懷疑，又該如何帶這個騎士回去？

「如果你們想要回樹海。」這時候，有人從前方樹蔭下走了出來，尖尖的耳朵格外引人注意，「我們可以幫你帶路。」

†††

樹海被圍困的第五日，敵人已經在艾西河上開始建造渡河工程了。蒙特遙遙地看著這一幕。

「那群法師真的不能為我們所用嗎？」他問瑟爾，「要是有法師在，這些小玩意片刻就可以銷毀殆盡了。」

「在樹海，法師的能力都會受到限制，他們未必能發揮多大的作用。」瑟爾解釋，「而且我現在還不能相信他們。」

「那你相信誰？你覺得，伯西恩是不是真的害死了自己的學生？」蒙特又問，「那法師說是伯西恩害死了預言師奧利維，你也不相信嗎？」

這一次，瑟爾沒有回答。

過了許久，蒙特才聽見他的聲音。

「我會用自己的雙眼去尋找答案。」

光與暗之詩

DEAR MY THRANDUIL

CHAPTER FORTY

知情

「伯西恩．奧利維，你給我們製造了不小的麻煩。」

聰明的人可以循著氣味嗅到真相。

雖然沒有任何證據證明伯西恩和酒館事件有關聯，但還是立刻有人找上了他。

說來也巧，對方將銀吊墜留給他還沒過多久，兩人竟然又以這樣的方式重逢了。

「你帶來的人放走了逃犯，你對此有何解釋？」

「我帶來的人？那難道不是利維坦抓回來的人質？」伯西恩反問，「更何況，大庭廣眾之下抓捕一個傷患還讓人脫逃，光明神殿辦事不利，與我何干？」

黑袍人嘶啞著開口，和所有被觸怒的虔誠信徒一樣憤怒，「我對你的忍耐是有限度的，法師。」

伯西恩察覺到了危險，卻沒有退避。

他緊盯著這個黑袍人，觀察著他的一舉一動。

利維坦故意挑釁時，黑袍人都沒有生氣，現在涉及到光明神殿卻輕易就發怒了。

伯西恩一直在思考這個黑袍人的身分。曾經，他以為這個人是來自聖城的聖騎士，現在卻不這麼想。

如果是聖騎士的話，是不會在掩藏身分的時候如此輕易暴露自己與神殿的關係。從對方的這個反應看起來，倒像是一個剛加入光明神信仰不久的新教徒。因為只有新教徒，才會如此迫不及待地想要維護自己的神明，顯示自己對信仰的忠誠。

這個黑袍人的身分變得撲朔迷離起來，伯西恩可以感覺到對方的實力幾乎能和薩蘭迪爾媲美。如果此時聖城再加入這麼一個盟友，那可不是一件好事。

「回答我，法師。」對方似乎終於無法再在伯西恩面前掩飾自己的脾氣，「那個吟遊詩人把墮騎士帶去哪裡了！」

他說話時口氣很衝，伯西恩幾乎能聞到一股硝煙味，像是一直掩藏在火山灰下的岩漿即將爆發出來。看來這黑袍人本就不是脾氣好的人，之前只是一直在隱忍而已。

他會是誰？

伯西恩有心要探明對方的身分，又故意說了一句。

「自古以來，光明神殿只將投靠黑暗的人稱作墮騎士。不過現在光明神殿的所作所為，倒像是集體轉投了黑暗陣營，這樣還有資格將別人稱作墮騎士？」

「你……懂什麼！」

眼看對方就要忍不住動手，伯西恩做好了準備，卻意外被橫插一腳。

「這裡不是適合說話的地方。」

有人打斷了他們。

那個人站在小巷的入口處，黑暗隱藏了他的半個面容。然而，即便如此，伯西恩依舊將他認了出來。

「……伊馮。」

「看來你知道的比我想像得多，伯西恩法師。你似乎並不意外見到我？」

伊馮上前一步，擋住了唯一的出口。

「我說過，掩人耳目的黑幕只會使你們的身分更快暴露。」伯西恩看向他，「你既然出現在我面前，光明神殿是不準備隱藏身分了？」

「隱藏？」得到消息後，立刻從聖城趕來的伊馮反問，「我們所做的一切無愧於信仰，又何須隱藏？」

「包括和惡魔混血合作，散播『魔癮』？都伊是瘋了嗎？」伯西恩冷笑。

「和他說這些做什麼！」黑袍人不耐煩地說。

伊馮卻深深看了伯西恩一眼，「你似乎將我們當成想要毀滅世界的惡人，伯西恩法師，但事情絕不是你想的那樣。或許有一天你會知道，只有我們的作為才是在拯救這個世界，拯救所有人。在求得真相的險途上，一點汙名和犧牲，並無法阻礙我們的意志。」

伯西恩覺得所有的狂信者都是瘋子。

「包括在『魔癮』中死去的數萬人？」

「和大陸上的百萬人口比起來，數萬人算不了什麼。」伊馮不以為意地說，「不過考慮到最近發生的事情，聖者大人做出了新的決斷。」

伯西恩聽到了一個令他意外的消息。

「我們決定派兵，去幫助薩蘭迪爾抵禦聯軍圍困。」

†††

「好深。」阿奇站在大裂谷邊緣，遠遠向下看去，「這下面是什麼？」

「是世界的反面，是惡神的墳塚，充斥著他們臨死之前的絕望。」為他帶路的精靈道。

「我聽說神戰時，惡神被都伊帶領的善神們打敗，封鎖在深淵之底。」阿奇若有所思地道，「而惡魔就是惡神幻化出來的分身，他們其實並不是獨立的生命，而是從惡神身上分裂出來的個體。」

他又想起了在白薔薇城事件中的沃特蘭。

「神明都有這樣幻化分身的能力嗎？」

精靈也說：「我也聽說過這樣的傳聞。最強大的幾位神明，甚至可以分裂出一個完整的自己，擁有獨立的思想和意識，甚至是完全不同的神格。在以利創世之初，似乎有不少神明就是如此幻化分身，行走大陸，教導我們生存繁衍。」

「所以惡魔們才格外難以擊敗啊，畢竟是惡神的分身嘛。」阿奇嘆了口氣，跟著巡邏大裂谷邊境的精靈離開，「你們要在這裡待多久，是薩蘭迪爾的命令嗎？」

「守護這裡，不讓任何人完全占領大裂谷，是陛下的命令。」

阿奇意外，「精靈王陛下料到了『魔癮』的事情嗎？」

精靈猶豫了一會，搖了搖頭，「陛下說，有比『魔癮』蔓延更可怕的陰影，深淵即將重返大陸。」

深淵？那指的是什麼，難道不是惡魔？

「阿奇，找到你了。」遠遠有個精靈趕過來，「我們找到伯西恩和刺殺小隊的消息了。一天之前，他們同時出現在大裂谷附近的城鎮。」

阿奇連忙問：「那你和他們解釋清楚了嗎？」

對方搖了搖頭，看向阿奇。

「我們沒有打聽到更多的消息，小隊在鎮上露面後就不知行蹤了。而且我們無法相信你的話，阿奇。」

阿奇難以置信道：「你們懷疑我？」

「我們懷疑你是否被他欺騙了。」精靈臉色難看地道，「就在剛剛，我們打聽到了另一個消息。伯西恩・奧利維以個人名義，加入了圍困樹海的聯軍。」

†††

老貝利聽到了枷鎖被打開的聲音，他睜開渾濁的雙眼，朝光芒之處看去。

「您還是不相信我說的話？」

走到他面前的卻不是瑟爾，而是半精靈蒙特。

「你別管他相不相信了，老頭。」他彎下腰，解開精靈們綁住老貝利的藤蔓，「你說伯西恩是個居心叵測的惡人，不過這個惡人至少實力匪淺。你要與他對敵，可有能耐打敗他？」

老貝利瞇了瞇眼睛。

「伯西恩再出色，他所有的法術也是我傳授的。」

「好！那現在就去打敗你的弟子吧！」

貝利大法師收拾體面，再次被帶到瑟爾面前時，瑟爾正望著艾西河的河面。他聽到身後的腳步聲，頭也不回地問：

「你是否會因為我利用你而生氣？」

貝利大法師苦笑一聲：「我只怕自己連被利用的價值都沒有，無法為阿奇報仇。」

瑟爾看向他，「阿奇的事是真的？」

「是他們的人親口對我說的。」貝利大法師苦笑道，「我也希望那只是一個謊言。您知道嗎？他發現了黑袍協會的祕密，想要去聖城向您的朋友告密，卻在路上被伯西恩發現，才會陷入險境，落得屍骨無存。如果伯西恩對他有一分師徒之情，哪怕是通知我之後再做決斷，阿奇也不會有那樣的下場啊！」

然而，瑟爾在那一刻想到的卻是如果不是伯西恩的這番舉動，老貝利也不會和黑袍協會鬧翻，而是至今還在幫他們與他為敵。

可以說，正是伯西恩挑起了老貝利和黑袍協會的嫌隙。

這個想法只在瑟爾腦中一閃而逝，他自嘲地笑了笑。

怎麼會呢？如果真是那樣，伯西恩如此忍辱負重又是為了什麼？更何況，現在那個人已經徹底站到他的對立面去了。

「聯軍帶來了新的法師團，首領就是伯西恩。」瑟爾看向身旁的老人，「如果你想證明自己所說的一切，就替我們出面，打敗伯西恩的法師團吧。」

幾乎是風吹過樹梢的片刻，老貝利答應了瑟爾的要求。

「我需要我的同伴們協助。」

瑟爾答應了他。

就在貝利大法師去找他的法師同伴們之前，他又問了瑟爾一句話。

「您遲遲不願意向我追問伯西恩與預言師奧利維之死一事……您是不是在逃避真相，怕自己無法承受？」

瑟爾說：「我需要真相，但不是幫凶告訴我的『真相』。」

貝利大法師臉色青白，勉強道：「是的……當初那些人想要謀害預言師奧利維，我早就知情卻不報，難怪您不願意相信我。」

他滿心懊惱氣餒，卻在此時聽到瑟爾輕輕笑了。

「知情？」精靈銀色的眼睛向老人望去，「你剛才稱呼奧利維什麼？」

「預言師……」老貝利突然愣住了。

「作為大陸上最強大的預言師，你覺得奧利維能否預知到自己的命運？」瑟爾顯得很冷靜，語氣中又帶著對老友的懷念與嘆息，「在你們找到他時，他是什麼反應？」

「他……」老貝利突然覺得喉嚨乾啞，有些毛骨悚然。

記憶中，那位已經年邁卻依然不失風度的預言師，對他們的到來並不意外。

直到最後，奧利維臉上依舊帶著笑意，看起來就簡直像是、像是——渴望著被伯西恩吞噬。

『是你啊。』他望著伯西恩。

『永別了，瑟爾。』他對瑟爾這麼說。

這個得以窺視命運的人，究竟「看」到了什麼？

光與暗之詩

DEAR MY THRANDUIL

CHAPTER FORTY ONE

開戰

「我說——」瑟爾揣著長弓，對準遠處的任務目標瞄了瞄，「如果你真的能預測得那麼準確，奧利維，你不如說說我們這次任務會失敗還是成功？」

正半倚靠在樹幹上閱讀的奧利維聞言，失笑，「這取決於我們自己。瑟爾，預言可不是取巧的工具。」

「那你能不能預測等一下我要是追上他們，他們會束手就擒，還是繼續逃跑？」瑟爾又問。

奧利維翻過一頁，「如果預言術可以事無鉅細到預測出這些小事，那我寧願用它來預測你中午會偷吃什麼，以免你像昨天早上那樣一直腹瀉。」

年輕的精靈忍不住摸了摸肚子，抱怨道：「連這都辦不到，預言還有什麼用？」

「瑟爾，你認為命運這種捉摸不透的事物，真的可以被人預測嗎？」法師終於闔上書，看向俊秀的精靈，「那為什麼古往今來那麼多優秀的預言系法師，都無法規避自己的死亡？」

瑟爾被他問倒了。

「那……預言是假的，根本不存在？」

「絕大多數的預言系法師能夠做到的預言，無非是施展祝福、判斷方向，追查行蹤這類。」奧利維說，「窺探命運這樣的大預言術，也許只有最優秀的預言法師在某種情況下才能施展。」

瑟爾忍不住問：「那是什麼時候？」

「在我臨死之前。」奧利維靜靜道，「不過那時即便知道了命運，也無力規避。我恐怕只能回以命運一笑，了結此生。」

†††

「奧利維法師！」來人熱切地握住法師的手，「您的到來就是我們的希望。天知道，我們被困在這該死的河邊多久了！城主常常在懊悔，如果上次拍賣會堅持由您來負責，就不會有這麼多該死的事情。」

伯西恩輕輕避開了對方殷切的爪子，看向在場的另一個人，矮人指揮官博爾頓保持著他一貫的不屑。

「不管你來幹什麼，法師，如果你敢干擾我的軍隊指揮，我不會給你好果子吃！」

「博爾頓指揮官，你太粗魯了……」

伯西恩沒興趣觀察這兩派人的權力鬥爭。

他看向河面，那裡的渡河工事已經搭建了快有大半。即便沒有他帶領的法師團，想必也不會延誤進攻時間。將法師們加進聯軍進攻部隊之中，只不過是派系鬥爭的結果罷了。

雙方都想在聯軍中獲得更大的指揮權，不過伯西恩沒有說破這一點。

「什麼時候開始行動？」他問。

「明天，天亮之前。」指揮官博爾頓看了他一眼，「如果你要參加，就必須以先鋒的身分出戰。」

「這要求太過分了！」那邊的貴族還在假惺惺地替伯西恩報「不平」。

「先鋒，可以。」伯西恩卻迅速同意了博爾頓的要求，然後在兩派人驚訝的目光下，轉身離開，似乎對明天發生的任何事都做好了心理準備。

艾西河的河水開始減少，流速也變得緩慢，精靈王留下的最後庇護即將到終結之時。艾斯特斯每日帶領著精靈巡邏河畔，他們一天天看著河另一邊的渡河工事逐漸完善，明白真正的戰爭將在不久後開始。

而令聯軍們想像不到的是，首先發起攻擊的，竟然是人數明顯處於劣勢的精靈。當他們遭遇第一批冷箭時，還以為對面的精靈們瘋了，他們就坐著搖搖晃晃的簡易小船在河水中央彎弓射箭，簡直就是明晃晃的活靶！

「攻擊！」博爾頓下令，「擊沉他們的船！」

聯軍的弓箭手們搭起弓箭，可很快就發現他們的射程遠遠不如精靈們。

「己方弓箭手無法攻擊目標，長官！他們的位置超出我們的攻擊範圍！」

「狡猾的精靈。」博爾頓念著，「法師呢，他們也攻擊不到這些長耳朵們嗎？」

「法術的施法範圍有近有遠。」伯西恩不知何時來到河邊，「這個距離，掌握風的元素法師可以攻擊到，不過我建議謹慎行事。」

「我說過不要干擾我的指揮！既然這樣，就讓元素法師們上！」博爾頓看起來有些獨裁。

換做平時，伯西恩絕對無法忍受任何人對自己這麼頤指氣使，不過今天，他很罕見地沒有反駁。

「如你所願，指揮官。」

元素法師們站到了最前排，為了保證在安全距離內攻擊到精靈，他們小心翼翼地確認了好一會，終於確認精靈弓箭手的射程不超過兩百碼，而風元素的施法距離，足足有二百五十碼！

然而，當元素法師們站在原處念起咒語時，乘著小船的精靈弓箭手們迅速換了裝備。他們握著射程更遠的附魔弓箭，輕而易舉地洞穿了法師們的喉嚨。

雙方初次交鋒，聯軍就損失了十名元素法師和數百士兵，可謂損失不小！尤其心痛的是，那些陣亡的法師幾乎沒有發揮任何價值就犧牲了。顯而易見，這是精靈們的一個圈套。

「不可能。」博爾頓焦躁起來，「精靈們的弓箭射程從來不會超過兩百碼，這是我們矮人和他們鬥爭了幾輩子的經驗！」

「以前的精靈弓箭手也不會用附魔武器。」伯西恩道，「時代變了。」

一旁的貴族監軍立刻附和說：「是啊，指揮官閣下，你用過時的眼光來指揮這一場戰爭。這令人心痛的損失，難道不該算在你頭上嗎？」

博爾頓冷笑，「那你來試試。」

「我？」

「是啊，有本事你來指揮！」接連被這些無能貴族指使，博爾頓索性說出氣話。

貴族監軍有些懼怕，他看向伯西恩，似乎在等這位法師團首領說些什麼。

出乎意料地，伯西恩說：「既然總指揮官這麼認為，我沒有意見。」說到這裡，他對貴族微笑，「這就是你展現實力的時刻了，閣下。」

貴族監軍此刻還在茫然之中，而博爾頓怒視著伯西恩。他只是一時語快，沒想過真的會被人奪走指揮權。

「你敢！」

「聯軍指揮是由所有人推選出來的，能坐上這個位置的人不僅需要實力、財力和背景，還需要受士兵們信賴。」伯西恩說，「既然你已經失敗了一次，為何不讓給有能力的人，能者居之？」

「就他？」博爾頓說，「他能算什麼！」

「他是聯軍的貴族代表，身後是給予你們物資援助的財政力量。如果沒有他們支持，包括你在內，這支軍隊連一口飯都吃不上，一柄劍都換不起。而且如果繼續由你指揮，損失還是如此，我想你也承擔不起大人物們的責問。」

博爾頓臉色難看，「你在威脅我。不，你究竟想做什麼？」

伯西恩還沒有回話，那個被煽動的貴族已經興奮地喊起來：

「是啊，這是一個機會。既然這個老矮人不行，就由我來！」

人是很容易被煽動的生物，預言系法師的語言又擁有迷惑人的力量，這兩者疊加在一起，就給了貴族監軍不該有的自信。

他不顧博爾頓的怒喝，喚來親兵將指揮官監禁起來，做起指揮大軍的美夢！

†††

艾斯特斯看到初戰告捷，興奮地回來向瑟爾彙報：「你說的沒錯！那些人根本沒想過我們會使用附魔弓箭！」精靈們從不使用附魔武器，因為附魔會對武器造成不可逆的損害，這是愛護武器的精靈不可忍受的。然而現在事關滅種存亡，也就不在乎這些了。

「這只是出其不意。」瑟爾並不樂觀，「只要他們的指揮官不是傻瓜，接下來就不會輕易再上當。」

事實證明，聯軍的指揮官的確不怎麼高明。在德魯伊、精靈們接連戲耍了敵人幾遍後，瑟爾開始懷疑自己最初的判斷。

這些烏合之眾真的值得他如此小心翼翼嗎？在屢戰屢敗，一再送死的戰術下，敵方士氣不穩，本就是臨時聯合起來的雜牌軍，出現了動搖的裂痕。

「我們準備好了。」這時，老貝利來向他彙報，「不過看起來，你們暫時不需要幫助。」

瑟爾正想開口回答他，戰局又發生了變化。聯軍的士兵們不再受精靈們誘引，也不再被輕易挑釁，他們甚至放棄了已經進行一半的渡河計畫，選擇回大本營重整旗鼓，剛才還頹靡的氣氛一掃而空。

瑟爾嗅到了不一樣的氣息。

同一時刻，伯西恩剝奪了貴族監軍的指揮權。

在他身後，數十名黑袍人將聯軍的指揮核心牢牢掌控在手中。他像是布局已久，終於收攏掌心的獵人，微笑說：「能者居之。」

原本還能有反擊之力，卻早已被監禁起來的博爾頓自然無法再做任何反抗。

伯西恩．奧利維，成了聯軍的最高指揮官。

光與暗之詩

DEAR MY THRANDUIL

CHAPTER FORTY TWO

麓戰

「弓箭手，第一輪箭，放！」

「近戰衝刺！」

「弓箭手第二輪箭！」

精靈們又施放一輪箭雨過後，敵人步兵的屍體幾乎將溝壑填滿。

「收拾戰壕，把屍體拉出去，其他人帶著傷患退下。」

劍光閃爍，火焰紛飛。艾斯特斯喉嚨嘶吼到幾乎沙啞，他試圖用唾液溼潤喉嚨，可喉頭滾了幾下，竟然連一絲水分都擠不出來。

阿爾維他騎著戰狼靠近他。

「殿下！」

這時候，他以敬稱稱呼艾斯特斯。

「北方戰線大德魯伊長老戰死！布利安帶領剩下的德魯伊們陷入苦戰。」

艾斯特斯眼中閃過悲慟，卻已經沒有時間為逝者傷心。

「兄長呢？法師們呢？」

「那些法師們被敵人的法師團拖住了，雙方陷入膠著。薩蘭迪爾殿下則回王庭取物，現在還沒回來！」

「再支撐片刻！」艾斯特斯沉默半晌，「一定要等到他回來。」

而此時，回到「樹」上的瑟爾推開一間房門。那裡，本來屬於精靈王的王座如今空空蕩蕩。

「爸爸……」瑟爾呢喃一聲，走向王座。

時間回到開戰之前。

貝利帶著準備就緒的法師們準備投入戰場，然而敵人的動向卻開始轉變。瑟爾摸不透聯軍內情，正在觀察之際，對方發動了攻擊。

他們一改之前的作風，行動迅捷而條理清楚。渡河工事早已布置好，聯軍不再理會精靈們派出去的誘餌後，大軍正一點一點向河這邊渡來。不等渡到河的對岸，對方的法師們就已經各自開始施展咒語。

一時間，各種元素系的法術漫天紛飛，砸向精靈們預先布置在河邊的陷阱。陷阱不是被法術破壞，就是提前發動，沒能傷到任何敵人兵力。

「退入橡樹林！」瑟爾當機立斷，「布利安，帶德魯伊們布置好迷障。艾斯特斯帶著弓箭手和近戰小隊遊擊。維多利安，對方的正面進攻就交給你們騎士團了，我會讓貝利法師支援你們。」

他迅速安排好了布局，將人員安置在各自適合的位置上。

不愧是經歷過退魔戰爭的人物。

貝利大法師瞇了瞇眼，卻問：「那您呢？」

瑟爾沒有回答他，卻是看向半精靈蒙特。

「如果現在讓你離開樹海，你需要多久能趕到風起城？」

蒙特想了想，「最快三日！」這已經是他不眠不休的速度了。

「如果有瞬移法術呢？」

「兩日內可以來回！」

「好。」瑟爾拍了拍蒙特的肩膀，這才看向貝利大法師，「恐怕要麻煩你支出一個法師。」

「我沒有意見，但在這個關鍵時刻減少一個法師，就等於減少一個師團的戰力，您可要考慮清楚。」老貝利看向他。

瑟爾沒有多思考，只是拉著蒙特到一旁低語，隨後讓貝利大法師立刻安排人手，與蒙特一起離開。

「離開樹海一百里處，大約就能使用瞬移法術了。」瑟爾說，「至於能否安然走到那裡，只能靠你自己了。」

蒙特笑了笑，渾然不懼。

「你們可要撐到我回來啊。」

貝利大法師看著瑟爾，摸不清對方的想法，在這時候派人去南方自由聯盟，難道他以為南邊的混血會來援助精靈們？就算對方答應了，區區兩日，大部隊又怎麼可能趕得及。恐怕還沒等援兵趕到，精靈樹海就已經被聯軍突破了。

貝利大法師開始動搖。自己選擇投靠精靈，是否真的是一個正確的選擇？

「放心吧。」瑟爾看破他的心思，「就算精靈樹海守不住，我也會幫阿奇報仇。至少這一場戰役，不止我們會有損失。」

貝利大法師稍微安心了一些。

而從始至終，有一個精靈一直沒有開口——王庭侍衛長朵拉貢。

自從精靈王成神又隕落後，這位侍衛長就格外寡言少語。如今，精靈們面對如此危機局面，也不見他露出緊張神色，似乎對一切都早有預料。

「朵拉貢叔叔。」瑟爾走到他面前，「還要麻煩您，陪我回王庭一趟。」

時間回到此刻。

瑟爾看著空曠的王座之間，眼中閃過一絲懷念。

「我還記得以前經常被父親在這裡罰站，他說在王座之間被罰站的精靈，我是有史以來第一個。」

朵拉貢眼中也閃過一絲懷念。

「陛下舐犢情深。」

「是嗎？」瑟爾話鋒一轉，「所以他把我逐出樹海，是怕我知道成神的真相後會想方設法地阻止他？」

朵拉貢沉默不語。

瑟爾彎腰，拿起被放在王座之上的精靈冠冕。

那冠冕到他手中便變了模樣，星辰的碎屑點點閃爍，落於指尖。然而這美麗，卻讓瑟爾回想起了不願想起的那一幕。

「成為神明究竟意味著什麼？沃特蘭一反常態，赫菲斯生死不知，現在就連父親也為此淪亡。」

「那不是我等能觸及的領域。」朵拉貢低下頭說。

「那如果我問以利，要求祂讓我成神，你說祂會告訴我嗎？」

「瑟爾！」朵拉貢驚慌地抬起頭來，「不可以！」

「為什麼不可以？」瑟爾反問他，將冠冕舉到眼前，「現在樹海外敵人數萬，外面更不知有多少人虎視眈眈，精靈只有寥寥幾千，即便是我也無法力挽狂瀾。但如果我此刻成神，說不定還有一線生機。難道您不願意拯救我們的同胞嗎？」

「那也不該是你……」

「可現在最接近那一步的就是我。朵拉貢叔叔，你如此反對……看來你果然知道什麼。」瑟爾見朵拉貢神色蒼白，沒有再為難他，而是道，「父親將族內最精銳的戰士們派往大裂谷，也和神明有關嗎？」

朵拉貢知道有些事並不能瞞過瑟爾的眼睛。

「……陛下他在登臨之際，曾經有過預言。其中一個是他感知到，深淵之下的惡主又有蠢蠢欲動之勢，很有可能傾覆整個大陸，所以他才將精銳士兵們派往大裂谷駐守。」

連當時半步封神的精靈王都能感到威脅的實力，絕對不是一般的惡魔。

「是惡神？」瑟爾蹙眉問。

「是與不是，都沒有關係了。」朵拉貢嘆氣道，「我本來以為那數千精銳是有去無回，不過現在看來，陛下將他們派出去，倒是為我們留存了火種。有他們在，至少還有血脈能夠傳承下去。」

瑟爾再次提起老話：「如果我能封神，樹海裡這些同胞們也會安然無恙。」

「不！不……你，唯獨你，瑟爾。」朵拉貢嘆息一聲，「你成不了神明。」

瑟爾一愣，沒想到朵拉貢是因為這個原因反駁他。不過，朵拉貢又為什麼如此清楚，又是精靈王的預言嗎？可精靈王即便有所感知，也無能為力。

只有臨死之際才能生效的預言。瑟爾想起遙遠的回憶，冷冷一笑。

這不是捉弄，又是什麼！

他拿起冠冕向外走去。

「那便不成神。」

銀髮的精靈離開王座之間，聲音遙遙傳來。

「我就做給以利看，即便如此，我也能守下這裡。」

†††

「爸爸！」特蕾休抓住獸人的狼耳朵，差點被顛下去。

布利安連忙扶住女兒，「抱歉，親愛的。」

混血女孩指著橡樹林的北方，「我剛才看到了艾爾，他過來幫我們了！」

布利安順著女兒所指的方向看過去，搖了搖頭。

他們已經退入了橡樹林的最深處，再往內走就是灌木之森。艾斯特斯他們負責在周邊巡迴遊擊，如果連他們都退到如此深處，就說明情勢對他們已經很不利了。

他還是小看了法師。即便在精靈樹海，法師們被限制了能力，但是比起只能用冷兵器作戰的戰士們，法師們一個最低級的混淆術，就能在戰場上發揮極大的作用。

精靈們雖然可以免疫低級魔法，但是他們人數太少了，而跟著瑟爾回來的混血們已經折損了大半！貝利大法師帶來的那一群己方力量更受到牽制，無法發揮重要作用。

而這個牽制貝利他們的人，還曾經與他們並肩作戰過。

「伯西恩。」

布利安看著出現在戰場中央的黑袍法師。他是最晚認識伯西恩的，感情不深，蒙特則是沒心沒肺不在乎，但是瑟爾不同。兩百年前的同伴他能緬懷至今，在路上偶遇的混血難民他都不願隨意捨棄，對於伯西恩的背叛，瑟爾真的能毫無動搖嗎？

瑟爾用行動回答了布利安的質疑。

沒人看到銀髮精靈是什麼時候出現，又是如何闖入法師團中央的。當所有人注意到時，他已經將伯西恩的喉嚨捏在掌中。

瑟爾戴著冠冕，花與葉與星辰的光輝襯托得他容貌俊美，宛如神祇。伯西恩不是第一次注意到瑟爾的美貌，然而此時此刻，猶如神臨一般，不費吹灰之力闖入敵陣拿下敵方大將的瑟爾，帶著極致的強大與極度的美，他很難不被蠱惑。

微微失神間，他聽見捏著自己命脈的精靈冷聲道：

「如果我在這裡殺了你，一切就會結束嗎？」

伯西恩笑了，他黑色的眸中映上瑟爾的容顏。

「會重新開始。」

光與暗之詩
DEAR MY THRANDUIL

CHAPTER FORTY THREE

聖城來援

瑟爾最終沒能殺了伯西恩。不是他下不了手，而是黑袍法師狡猾地逃脫了。即便瑟爾的能力因為冠冕得到了增幅，依舊不能阻止伯西恩見縫插針，使用瞬移法術脫身。

「現在還不是時候。」

離開前，伯西恩留下這麼莫名其妙的一句話。

「讓他逃了！為什麼只有這個傢伙可以在樹海使用瞬移法術，他與眾不同嗎？」緊追而來的布利安思索，「不過剩下的這些法師們可跑不掉了。」

不過還沒等瑟爾對聯軍的法師團們出手，他自己就先支撐不住了。然而，幸運的是聯軍士兵們見伯西恩率先離開，瑟爾又展現出令人畏懼的實力，剛聚攏的士氣瞬間消散，他們就先撤軍了。

「怎麼不追……你怎麼了？」布利安看到瑟爾臉色發白，虛汗正從他的髮鬢間滲出來。

獸人德魯伊稍微思索，便明白了情況。他立刻命令德魯伊們莫追窮寇，而是一步步收回橡樹林的掌控權。至少現在，敵人迫於瑟爾展現出來的實力，暫時退回對岸已經是很好的狀況了。

等周圍的人稀少了些，布利安才將瑟爾拉到一旁。在這過程中，瑟爾甚至連反抗他的力氣都沒有。

「是那個法師做了什麼？」艾斯特斯騎著戰狼過來。

「不……」布利安盯著瑟爾頭上迅速枯萎的花冠，「你能幫他把這個取下來嗎？」

艾斯特斯也注意到了，上前摘下冠冕。那冠冕落到他的手中，就變成了普通的模樣，然而灑落在地上的枯枝敗葉，顯示著冠冕剛才的異常狀態。

艾斯特斯舉著花冠，先是不敢置信，然後想起什麼，怒道：「你是在透支自己的生命！」

布利安不明白精靈冠冕的特殊作用，不過看剛才瑟爾在戰場上神乎其技出現的那一幕，也知道他必定付出了不少代價。只可惜敵人太過狡猾，白白浪費了瑟爾的心血。

聽見布利安這麼感嘆，喘過氣來的瑟爾微微一頓。狡猾嗎？不，其實是自己的猶豫給了伯西恩逃跑的機會。如果他一出手就扼斷法師的喉嚨，根本就不會有多餘的事情。

「父親已經走了。」艾斯特斯問，「難道連你都要為我們犧牲？」

「不，艾爾。」瑟爾疲憊說，「我只是……」

「只是認為我根本沒有實力守護同胞？」艾斯特斯打斷他的話，臉色難看，「請你記住，現在樹海的繼承人是我，就算有誰要為此犧牲，也輪不到你。而要是因為你的隨意妄為減少了戰力，根本得不償失。看在大局上，即便你不信任我，也請注意自己的身體。」

「我不是這個意思。」

瑟爾有些頭疼，看來在精靈王離開後，管束他的人並沒有減少。

「那是什麼？」正在兄弟倆爭執的時候，布利安站起身看向河的對岸。

原本倉促離開的聯軍士兵們又匆匆返回，而且他們的模樣看起來就像被人追趕著一般。

瑟爾的視力出色，他站起身極力遠眺，銀色的瞳孔微微收縮。

「那是——！」

†††

伊馮撿起一塊斷木，乾枯得橡木枝的紋路讓他連想到了別的。

「像屍體是不是？」有人從一旁走來，「有時候在戰場上，我也分不清這些枯萎的陰影究竟只是樹木，還是那些不願意離去的亡者亡魂。」

「維多利安騎士。」伊馮看向來者。

薔薇騎士團長一身血汙，唯有臉上還是乾淨的，露出了英俊的面容。顯然，他剛經歷了一場混戰。

伊馮道：「你和你的騎士們在戰場上英勇的身姿，令人敬佩。」

「慚愧，我們並未起到太大的作用。」維多利安上前，向他行了一個標準的騎士禮儀，「要不是聖城的大部隊及時趕到，想必我不會有機會在這裡與你閒聊。」

在聯軍們即將撤軍的時候，都伊聖騎士們帶著他們的武裝力量及時趕到。不僅替精靈驅趕走了聯軍們，還大挫對方，使得現在樹海的百里範圍內，都看不到聯軍的身影。

「你還沒去見薩蘭迪爾殿下嗎？」

「事實上，我已經和大人談過了。」伊馮說，「我們的後續增援部隊還會趕來，大人同意在樹海附近為我們闢出一塊場地，用以安營紮寨。」

維多利安其實覺得有些奇怪，以瑟爾和光明神殿的關係，即使正事已經談完了，也不該把神殿的使者獨自扔在這裡。更何況，伊馮還曾經與他一起執行過任務。

薔薇騎士團長打量著這位許久不見的聖騎士，察覺到對方似乎哪裡有了變化。

「這次怎麼沒有見到另一位聖騎士，就是一直跟在薩蘭迪爾殿下身邊的那一位？」

「你說艾迪。」伊馮發出一聲嘆息，「不久前，他去執行有關『魔癮』的任務時不幸失敗，被惡魔誘惑，已經墮落了。」

有什麼東西匡噹一聲掉在地上，兩位騎士齊齊朝那裡看去。

「抱歉！」少年連忙道，「我來送物資，不小心聽到你們的談話，我……」他支吾兩聲，最後咬著牙問，「您說，艾迪騎士墮落了？那雷德呢，他知道這個消息嗎？」

「你是白薔薇城的……」伊馮其實不是很記得這個不起眼的少年，「雷德，他回去龍島後就一直沒有回來，我想他並不知情。」

哈尼面露訝異，「他沒有回來？可是我明明……」

維多利安按住哈尼的肩膀，微微用力，「薩蘭迪爾殿下不是還有事要找你嗎？」

哈尼有些茫然地看向他。

「去吧，告訴殿下，物資我收到了。」

「是、是。」

目送少年跌跌撞撞地離開，伊馮過了好一會，才將視線重新投回維多利安身上。

騎士團長對他露出一個笑容，「我們繼續之前的話題……」

哈尼匆匆跑著，卻感覺心臟都快從喉中跳出來了。

艾迪成了墮落騎士？雷德了無音訊？阿奇被伯西恩害死？

這幾天來，壞消息一個接一個衝擊著他的心房。他不敢相信這些都是真的，尤其是雷德與阿奇，因為年齡相同，在白薔薇城，他們三個一直是最談得來的伙伴。在雷德被瑟爾關禁閉的那些日子，則是阿奇與艾迪騎士一直安慰著他。現在別人告訴他，這三人不是死亡就是失蹤，再不然就是成了墮騎士！哈尼怎敢相信。

「不可能的。」他喃喃自語，「因為就在不久之前，我還感應到了雷德啊。」

他停下腳步，有些迷茫地朝維多利安和伊馮所在之處看去。

自從白薔薇城事件後，哈尼與雷德就開始有些奇異的感應。只要紅龍出現在他附近，哈尼的心臟就會熱烈跳動起來，血液也好像沸騰了。之前，伊馮帶著聖騎士們天降奇兵般出現的時候，哈尼就有這種被灼燒似的感覺，他還以為是雷德跟著聖騎士們一起來到樹海了，可是，伊馮做出了否認。

是他感應錯了嗎？哈尼的視線投向橡樹林的另一邊。在那裡，聖騎士們正準備布置營地。

須臾，少年換了一個方向，又在林地裡奔跑起來。

†††

瑟爾使用冠冕造成脫力症狀，過了好久才緩過來。

「比起用冠冕透支自己，你為什麼不使用神力？」艾斯特斯一邊遞來恢復的特製藥劑，一邊抱怨，「你不是父親，無法像他那樣自由操控冠冕的力量，但你是以利寵愛的騎士，難道祂不會幫助你嗎？」

「我想以利大概不會管這件事，而且我也不想太依賴祂。謝謝。」瑟爾接過藥劑，皺眉喝了下去，「唔，還是那種味道。」

「天下哪會有好喝的藥水？」艾斯特斯鄙夷。

「至少這時候你可以給我一顆蜜糖。」

艾斯特斯卻不接他的這句話，而是繼續問：「那些聖騎士……」

「艾爾。」瑟爾似乎不想接這個話題，故意打斷他，「請給我一顆蜜糖，甜果也可以，我舌頭苦得快發麻了。」

艾斯特斯實在受不了他，起身去幫他找甜食。

在他走後，瑟爾的神情很快冷下來。

聖騎士們出現得太過及時，幾乎就是雪中送炭。然而經歷了伯西恩的背叛後，瑟爾不敢再輕易相信任何人。相反，他心裡甚至有了一些不好的猜想。

這個猜想如果成真，將會成為擊碎精靈們希望的最後一擊，他不能告訴任何人。

然而，假如一切真的走向最壞的局面，瑟爾還有一點想不通。

是為了什麼——如果聖騎士們援助樹海是另有目的，他們的目的是什麼？

†††

「殺死艾斯特斯！」百里之外的聯軍陣地，黑袍人幾乎大吼著抓住伯西恩的衣領。

「殺死那個女孩，殺了冠冕所有的繼承人，你為什麼沒有辦到！」

原本面無表情的伯西恩突然抬頭，黑色的眼睛望著這個傢伙，「你說要殺死冠冕的繼承人。」他的心情似乎很不好，語調中透著冷嘲，「薩蘭迪爾也是冠冕繼承人，為什麼，你們不讓我殺了他？」

光與暗之詩

DEAR MY THRANDUIL

CHAPTER FORTY FOUR

不懷好意

阿奇又一次差點踩到陷阱裡，於是忍不住抱怨。

「我想不通，為什麼我們不直接去找薩蘭迪爾？」走在他前方的精靈有著良好的夜間視力，他一邊避開林子裡的巡邏人員，還要負責照顧阿奇。這一路走來，憑著法術學徒的瘦小身板，要不是有這一位精靈戰士悉心照顧，根本走不到樹海。

然而他們現在終於來到了瑟爾所在的大本營，卻還要像做賊一樣鬼鬼祟祟。

「你說伯西恩．奧利維並沒有背叛殿下，然而他現在的確就在敵人的陣營之中，為聯軍做事。在這其中的原因還沒查清楚之前，我們不應該出現在公眾視線之下。至少我們要弄清楚，伯西恩如果只是在偽裝與殿下為敵，那麼他想要欺騙的人是誰？」

為阿奇帶路的精靈戰士名字叫安斯利維安，精靈語的意思為英俊的勇士。安與瑟爾同年，是族群裡的佼佼一輩。因為思維敏捷，身手驍勇，這一次安被賦予了護送阿奇回樹海的任務。

「而且，之前派出去追蹤伯西恩的小隊至今下落不明。」安說，「我們還是小心一點好。」

阿奇並不笨，相反地，很是聰敏，「你的意思是敵人就在我們身邊，甚至很有可能還是熟人？」

他又想起在聖城伊蘭布林時，伯西恩的態度，瞬間明悟。

「難道是光……」

「噓。」安突然壓住阿奇的後背，把他按到草叢裡，「前面有人！」

那個人並不是在橡樹林裡巡邏的精靈，而且神情緊張，呼吸急促，看起來比阿奇他們更像潛入者。黑影下，暗藏在樹影裡的安與阿奇只看見這個人腳步慌亂，又帶著點侷促不安。

「誰在那裡！」

「等等，那個人我好像有點面熟……」阿奇還沒說完，就被安又摀住了嘴。

另一邊有人呵斥出聲，騎士們握著長劍，將不速之客團團包圍起來。

「我……我是來送物資的！」不速之客舉起手，「剛剛和伊馮團長見過面。」

騎士們見不速之客只是一個少年，又提起伊馮，不禁面面相覷。

有人說：「我好像在團長那裡見過他。」

「真的不是聯軍的人嗎？」

終於有人說：「我認識他，他是白薔薇城利西貝坦家族的繼承人，好像叫哈……」

「哈尼。」少年連忙說，「我在白薔薇城就與伊馮團長有一面之緣了。這一次也是跟隨薔薇騎士團，過來幫助薩蘭迪爾大人的。」

身分終於被證實，誤會也被澄清，緊張的氣氛似乎鬆懈下來。

聖騎士們收斂了神情，語氣也沒有那麼嚴厲。

「既然如此，送完物資就應該離開，為什麼會出現在我們營地附近？」

「我只是……」哈尼說，「我只是迷路了，畢竟我來樹海的時間也不長。」

「那就快點回去。」其中一名聖騎士有些不耐道，「在這裡亂晃，萬一被人誤認為是聯軍奸細，那就麻煩了。」

「是！是，抱歉，我這就走。」

「等一下，你去送一下他。」那名聖騎士指使一名屬下跟上哈尼，「可別再走錯路了，小少爺。」

「謝謝。」哈尼露出一個有些緊張的笑容，一邊跟在帶路的騎士身後離開，而其他騎士們也陸續散開。

「你認識他？」安悄聲問。

阿奇點頭，又問：「情況好像有些奇怪，樹海不是你們精靈的家園嗎？為什麼這些聖騎士在這裡占據了一塊地盤，就好像是他們自己的領地？」

肯定有鬼！一人一精靈對視一眼，不約而同地跟在那幾名騎士身後。而和他們有相同想法的，還有我們看似無辜可憐的迷路少年哈尼。

「怎麼了？」帶路的騎士見哈尼停下腳步。

「我、我好像有東西丟在那裡了。」哈尼摸遍全身口袋，有些不安，「是我母親留給我的遺物，我能回去拿一下嗎？」

大概是少年純良的模樣太有欺騙性，騎士沒有懷疑，而是無奈地說：「是什麼？」

「是一枚胸針，很小，上面鑲嵌著紫色寶石。」哈尼說的確有其事。

「你等一等，我去……唔嗯！」騎士放鬆戒備，剛轉過身，就被哈尼趁機擊中後頸敲暈。

哈尼把昏迷的騎士牢牢綁起來，拖到樹叢後藏好，一連串動作連貫流暢，完全不像是第一次做。要是阿奇在場肯定會驚嘆，那個像乖寶寶一樣的哈尼什麼時候也會這樣算計人了！

而此時的阿奇，正和安一起潛入聖騎士們的營地。

聖騎士們與七拼八湊的聯軍完全不同，他們軍容整齊，營地戒備森嚴，一人一精靈晃了好一會也只能在周邊觀察。

「好像沒什麼不對勁。」安剛說完，就被阿奇拉了一下。

「看那裡！」阿奇指著一個方向，「我剛才連續看見三個人過去，過了這麼久還沒出來，我們去看一看。」

他們繞開聖騎士們的營地，朝阿奇所指的那個不起眼的角落悄悄走去。

「你有沒有感覺，周圍溫度好像變高了？」阿奇呢喃說。

就在這時，他們聽見了一連串的驚呼。

「快來一個人，這傢伙又暴走了！」

「小心牠的火焰。」

一片混亂，安示意阿奇待在遠處，他爬到樹上去觀察，不一會便回來。

「是巨龍！有好幾隻。」精靈驚呼道，「他們把巨龍關在巨大的鐵籠裡，束縛著牠們！」

「不可能！」阿奇說，「即便是光明神聖騎士，也不能自由來去龍島，還一下子俘獲這麼多巨龍。」

「我親眼所見。」安說，「他們肯定有別的辦法。」

什麼辦法能將大陸上戰力第一的巨龍抓回來當成俘虜？阿奇想像不到，不過很快他就明白了真相。

「迪雷爾大人。」

林子的那一邊，似乎有新人物走了過來，騎士們紛紛向那人行禮。

「是誰在鬧事？」

「是一隻紅龍。牠似乎擺脫了迷藥的控制，想要掙脫束縛。」

新來者嘆了口氣：「是雷德。你們退開，我來與牠說說。」

不知那個大人與反抗的紅龍說了些什麼，不一會，躁動的林子裡又安靜下來。而此時，阿奇已經滿臉震驚。

迪雷爾！這名字這麼耳熟，不正是那隻在白海失蹤的巨龍？薩蘭迪爾正是為了尋找牠才結束隱居，重回眾人視線的，而現在這情況是怎麼回事，本該回到龍島的雷德又為什麼會出現在這裡？

阿奇能預料到，真相遠比他猜測的更加可怕，驚慌交錯之下，他甚至忘記了控制自己的呼吸。在有巨龍在場的場合，這可是一個致命的錯誤。

「誰？」迪雷爾低喝一聲，並一點一點地朝他們所在的位置走來，「誰在那裡，出來！」

阿奇與安屏住呼吸，聽著腳步聲離他們越來越近。

就在即將暴露的那一刻，一個身影從他們旁邊的灌木叢跑了出來。

「我認識你！」少年清越的聲音中還帶著一絲憤怒，「當時是雷德和薩蘭迪爾大人費心救出你的！你為什麼要這樣對雷德？」

「自投羅網。」迪雷爾輕蔑，倏然轉身向身後道，「你之前問我為什麼不殺薩蘭迪爾？現在我告訴你原因。」他上前，一把掐住哈尼的喉嚨，將少年提了起來，「因為要制服那種假仁假義的傢伙，遠比殺死他容易多了。你瞧，這就是把柄。」

伯西恩從他身後緩緩走出來，瞥了一眼哈尼身旁的灌木叢。

那裡，林葉輕輕晃動了兩下。

法師勾起唇角，「謝謝你特意講解，都伊神官——迪雷爾先生。」

暗處，阿奇見到哈尼被俘虜，不由得焦急，卻被人拉住了肩膀。

「別去。」

「別攔住我，安，我再不去，哈尼就要被那傢伙掐死了！」

「不是我攔著你。」安說，「看看你身後。」

阿奇這才發現，身邊好像多了幾個人。他抬眸看見幾雙和安同樣翠綠的眼睛，還有一個久違的面容。

「別去，」艾迪說，「不要讓哈尼的一番心意白費了。」

「艾迪！」

在他身後，吟遊詩人翻了一個白眼。

「你要是說話再這麼大聲，即便我布下了靜音陣，你也會把那頭被都伊洗腦的巨龍招引過來。」

「嗯，你說的對。」沒有見過尼爾的法師學徒好奇地問，「不過，你是哪位？」

「你不要知道我是誰。」尼爾說，「你只要明白，站在這裡的人，都是想要幫助薩蘭迪爾的。而站在那邊的人，都對他不懷好意。」

與此同時，樹海裡，瑟爾剛剛收到消息。

「哈尼不見了？」

光與暗之詩

DEAR MY THRANDUIL

CHAPTER
FORTY FIVE

營
救

哈尼失蹤，維多利安是第一個發現的。此時維多利安來瑟爾這裡找人，瑟爾卻反問，「他不是送物資去給你了？」

「那時我在和伊馮騎士談話，沒有與他多聊，之後他就不見蹤影了。」薔薇騎士團長說到這裡，看了瑟爾一眼，「我想他也許是聽見了什麼，在回去的路上臨時改變了主意。」

維多利安話語裡的暗示並不隱晦，瑟爾臉色沉了下去。

「怎麼了？」一旁的艾斯特斯表示疑惑，「如果那個人類少年走失了，我去找他回來就是了。」

「不是單純的走失。」維多利安說，「如果直到今晚哈尼都沒能回來，情況就比我們想像的嚴重得多。」

察覺到都伊的聖騎士們有異樣的，不僅瑟爾一個。

「如果事情真是如此，您覺得他們想要的是什麼？」維多利安切中重點。

「正因為不清楚，才令人不安。」瑟爾凝眉思索後，下定了決心，一邊起身道，「明天是蒙特離開的第二天，我原本準備再多等一些時間，現在既然如此，艾爾，立即叫上所有戰士備戰，並連繫布利安，讓他和德魯伊掩護所有沒有戰力的婦孺們離開。」

「那你要去哪裡？」艾斯特斯見他走遠，急道。

瑟爾：「我去聖騎士營地，見伊馮。」

「你瘋了嗎！」艾斯特斯上前拉住他，「如果光明神殿真的有問題，你這不是自投羅網！」

「能讓我自投羅網的人還沒有出現。」瑟爾安撫他，「況且，誰跟你說我是要去找他麻煩了？」銀髮精靈微微一笑，「現在還沒有證據證明聖騎士們是敵人，我是去向他們求助。」

†††

「他們走了。」安悄聲說，「現在可以說說，為什麼你們會出現在這裡？」

他的眼睛在艾迪身上掃過，如果他沒有看錯，這個年輕人類應該是一名都伊聖騎士。

精靈現在對任何與都伊有關的人事都沒有好感。

與艾迪同行的幾名精靈互相看了一眼，七嘴八舌地開始解釋，過了好一會，才把來龍去脈說清楚。

「所以你們想送他來見薩蘭迪爾，提醒他注意光明神殿的異樣。」阿奇總結說，「可為什麼你們會出現在聖騎士的營地裡？」

「事實上，我們出發後不久，就聽見消息說聖騎士們要前往樹海，援助薩蘭迪爾。

我們覺得其中有詐，所以一直跟在後面。就是在這一路上，我們發現了被他們關押的巨龍，正準備去找薩蘭迪爾大人時，就遇見了你們。」艾迪說。

阿奇蹙眉，「我不明白，即便龍島有內奸，聖騎士們是如何抓住這麼多巨龍的？抓來又有什麼用處？」

尼爾：「別忘了他們背後可是有光明神做靠山。」

「都伊！」阿奇一愣，「可是……」他隨即連想到在白薔薇城發生的事情。難不成都伊是想和沃特蘭做一樣的事情！可沃特蘭是為了救赫菲斯，都伊是為了什麼呢？

艾迪神色黯然，他可以說是受到最大打擊的人，信仰的神明和同袍突然變了一副面目，誰會好受？

「不管是為了什麼，」尼爾說，「現在我們是不是得趕緊派個人，去——」

「去向薩蘭迪爾通風報信！」阿奇插嘴道。

「我不是說那個。」尼爾指了指灌木叢之外，現在只有幾名聖騎士看守的巨大牢籠，微微一笑，「你們不覺得，現在正是天賜良機嗎？」

「當然是為了萬物眾生！」

幾乎同一時間，另一處，有人問了和阿奇相同的問題，迪雷爾的反應卻異常激動。

「為了這些愚蠢的凡人，偉大的都伊付出的心血，是你們永遠無法想像的。」

伯西恩的確無法想像，光明神殿究竟有怎麼樣的洗腦手段，能將一頭原本神志正常的巨龍變成現在這個模樣。要知道，還從來沒有人類法師能用法術迷惑一頭巨龍。

伯西恩想，也許都伊有特殊的洗腦方法。

不過此刻，他裝作洗耳恭聽的模樣。

「喔，可是看你們現在的所作所為，卻並不像是在拯救世界。」

「你懂什麼？」迪雷爾不屑，「治病時去掉一些腐肉爛肉，是值得大呼小叫的事情嗎？」

「所以，精靈和薩蘭迪爾就是必須去除的那一部分？」伯西恩反問。

「不，當然不是，薩蘭迪爾他……」迪雷爾說至此處，突然停下來，因為他想起了另一件事，「上次你與他交鋒，為什麼沒有使用我給你的神器？」

「你說吊墜。」伯西恩摸了摸衣內口袋，意有所指，「我以為你們不想要我用。而且以現在的形勢，不必用到它吧。畢竟我們不僅可以裡應外和，還有巨龍作為祕密武器。」

「你懂什麼！」迪雷爾說，「那些是為了神明準備的……」話說至一半，他才驚覺不該透露口風。

可伯西恩是什麼人，他立刻就明白過來，臉色微沉。

「所以你被水神抓走獻祭，根本不是意外，而是都伊和你們的預謀，甚至連沃特蘭都被你們利用了，水神只不過是你們的小白鼠，是不是？」

迪雷爾的臉色變了變，隨即又笑了。他湊近伯西恩耳邊，不懷好意地說：「現在這情況，你還能去找薩蘭迪爾告密嗎？就算你去了，他會相信你？你已經和我們緊綁在同一根繩上了，伯西恩法師。」

「是啊。」伯西恩坦然道，「不過事情還是要問清楚。畢竟我和容易被煽動的蠢貨不同，做什麼事情都想要明白緣由。」

迪雷爾怒：「你！」

「你們兩個怎麼還在這裡？」伊馮走了過來，見狀蹙眉，「薩蘭迪爾就要來了，不能讓他見到你們。」

「他來幹什麼？」迪雷爾一愣。

伊馮故意看向伯西恩，「聽說是為了明日反攻聯軍一事。」

伯西恩離開帳篷的時候，要他們避開薩蘭迪爾的伊馮卻留下了迪雷爾，在裡面商談。

他明知這兩人是故意避開自己，卻也不以為意。法師抬頭望了眼天際，夜沉沉，星光寥寥。

薩蘭迪爾做出明日就要反攻的決定，似乎在伊馮的計畫之外。不過，對伯西恩來說這卻是恰到好處。藉由剛才從迪雷爾口中套出來的話，伯西恩大概已經明白了光明神殿這次大動干戈背後的目的。

光明神都伊。伯西恩微微譏嘲，從這位神明的僕役們行事風格來看，都伊可一點都稱不上是光明啊。

法師站在夜色之中，望向營地燈火明亮的方向。

瑟爾就在那裡嗎？他知不知道自己信賴的聖騎士們已經成了最大的敵人？知不知道他從離開聖城的那一刻起，就一直被人、被神算計著？

夜風朔朔，伯西恩的黑眸中漾過一絲笑意。

他是不是已經知道是我害死奧利維的？一定是，不然上次見面他不會想要殺死我。

他必定恨死了我，也不會忘了我。

一枚耀眼的紅色煙火突然竄上夜空，為伯西恩沉寂的眼睛渲染上溫熱的色彩。

聖騎士營地裡怎麼可能會有人放煙火？

——砰砰砰！

驚呼和叫喊聲從營地傳來，伯西恩微愣。就在這時，他看見了一頭紅色的巨龍從樹林之中騰飛而起，而牠背上似乎還掛著一個細小的人影。

巨龍毫無章法地四處噴著龍炎，宣洩怒氣，整個營地都因此慌亂起來。

不明真相的人們、知曉內情的人們都望著這一頭掙脫束縛、自由飛翔的美麗生物，不約而同地呆住了。

伯西恩抬頭仰望被火光灼燒的夜空，而不遠處，有人與他望著同一片夜色。

「巨龍在襲擊我們！」許久，終於有聖騎士反應過來叫嚷。

「快跑！」樹林中，作為罪魁禍首之一，尼爾打開籠子，「聖騎士們很快就要過來了。」

「可是還有其他巨龍沒有救出來！」

「牠們現在神志不清，救出來，你覺得我們還能活嗎？」尼爾說，「要不是有那個叫哈尼的小子在，我也不敢將這頭紅龍放出來。」

「雷德……」艾迪擔憂地望向天空。

「有空操心，還是操心我們自己吧。」尼爾沒好氣地說，「快走，他們過來了！」

精靈和人類們逃入林中，聞聲而來的伊馮只看見一個空曠鐵籠，彷彿在無聲嘲笑著他。

更雪上加霜的是，有人在他身後緩緩拔出長劍。

「我本來準備與你談一談明日聯合進攻聯軍一事，不過現在看來，我們雙方似乎都不需要再演戲了。你覺得呢，伊馮騎士？」

瑟爾握著長劍，神色淡淡道。

光與暗之詩

DEAR MY THRANDUIL

CHAPTER FORTY SIX

惡之眼

即使在這種情況下，伊馮依舊有足夠的定力，臉色不變。

「恕我不明白，您所指的是什麼？」他不動聲色地問。

瑟爾卻沒有心思和他周旋，直接道：「如果我沒記錯，都伊聖騎士團的第一要義就是『不可妄言』，還是說這麼多年過去，所謂的教條早已廢止了？聖騎士們也和其他人類一樣，成了被權勢腐蝕的產物？」

伊馮捏了捏手指。在人類中，他雖然已經算有城府了，然而，畢竟年齡還不足瑟爾的十分之一，總有被刺激到的時候——聖騎士團就是他的逆鱗。

不過伊馮的資歷畢竟擺在那裡，他沒有和瑟爾爭執，而是明白再惺惺作態已是無用功，索性道：「看樣子您早就知情了，是有人向您通風報信了嗎？」

「不，只是戰爭教會了我很多，而你們做的那些事也不是毫無痕跡。」

「你與他爭執什麼，伊馮？」迪雷爾從暗處走來，「能打架就別廢話。」

「迪雷爾……」瑟爾微微驚訝。

迪雷爾卻得意地看向他，「是不是沒想到？現在是不是覺得那時不去救我，讓我被沃特蘭獻祭還好一些？所以水神那傢伙才說你一定會後悔，薩蘭迪爾！」

其實早在看到大鬧營地的雷德，和眼前這些龍之囚籠時，瑟爾就有所預料。與其說他意外的是紅龍迪雷爾的出現，不如說是意外光明神殿的布局竟然從他在聖城時就開始了。被那個口口聲聲喚他「瑟爾叔叔」，他從小看著長大的光明聖者如此算計，說不心痛是假的。

「你們兩個一起上！」瑟爾拔出長劍，打算速戰速決。

「口氣不小！」迪雷爾怒喝，金色豎瞳露了出來，隱隱有要化龍的跡象。

伊馮卻說：「您是想節省時間嗎？畢竟聯軍那邊看到這裡的動態，也可能直接攻過來。那時候你們就腹背受敵，難以自保了。」

瑟爾笑了笑，他甩出劍花。

「那就試試你們有沒有這個本事。」

迪雷爾最禁不起挑釁，此時已經化出龍牙與龍爪，飛撲著向瑟爾進攻過去。伊馮卻沒有第一時間上前，他後退幾步，有意趁迪雷爾拖住瑟爾的時候，先回營地做進一步的安排。

「你要去哪裡，團長？」一個沙啞的聲音從他身後傳來。

艾迪一身狼狽，唯有一雙眼睛明亮透徹，此時正望著伊馮。

「艾迪！」伊馮的臉色暗了下來，「是你放走了紅龍，引來薩蘭迪爾，陷我們於不義？」

艾迪苦笑幾聲，突然大吼著揮劍衝上去，「陷騎士團於不義的，難道不是做出這些事的您和聖者大人嗎？」

伊馮不得已拔劍回擋。

「這一路走來，難道你就沒有看到那些屍體，那些流離失所、易子而食的平民！」

艾迪眼睛通紅，「會做出這些事的，根本不是我認可的光明神殿！不是我的信仰！」

「那是神的旨意。」伊馮一邊格擋一邊說，「婦人之仁！這些都是為了更好的未來付出的不得已犧牲！」

「誰跟你保證會有更好的未來，聖者嗎？都伊嗎？利用『魔癮』引發霍亂，散布流言圍攻樹海，又趁機收買人心，擴大信仰！這樣的神我不要也罷，不信也罷！讓祂滾吧！」

聽艾迪說出如此褻瀆的話語，伊馮怒上心頭，「你這個叛教者！」

兩批人各自為戰。

「怎麼了，薩蘭迪爾？身手大不如前，是生鏽了嗎？」迪雷爾哈哈笑著，一爪掃去，劃破瑟爾的布甲，「使用你的神力啊！你不是以利最寵愛的孩子嗎？去哭著跪在祂腳下，向祂求助啊！」

瑟爾只是用長劍純粹以技巧與他相鬥，在力量上自然落了下風。

「是嗎？我也不知道你什麼時候成了都伊的神官，迪雷爾。」

「這個世界本來就是強者為尊！」迪雷爾說，「比起虛偽的以利，都伊才是最強大的！」

光明神是瘋了嗎？招來這樣的瘋子，還把教會搞成這個模樣。瑟爾蹙眉。

「但是以利是都伊的父親，即便不論實力，長子也該以父為尊。」

「狗屁長子！我們都不過是以利手中的玩物罷了，你也是！」迪雷爾嘖了一聲，「別以為你與眾不同，當以利厭棄你的時候，你也會變成這個世界的肥料，就和你那父親一樣！」

聽到精靈王的名字，瑟爾愣了一下，被迪雷爾抓住機會，在臉上劃出一道傷口。

「啊啊。」迪雷爾陶醉地舔著爪尖上的血跡，「你的血果然不一樣，要不是不能破壞你的身體，我真想吃吃看以利的聖騎士是什麼味道。」

瑟爾想好心提醒他，自己已經有月餘沒有時間洗漱了，味道肯定不怎麼樣。

一道樹牆突然平地拔起，將瑟爾和紅龍隔開。

「我們來幫你！」布利安大喊著，帶著一眾德魯伊衝進戰場。

他身後，尼爾等人也齊聚一處。看到久違的吟遊詩人，瑟爾意外之餘又覺得理所當然。尼爾如果是被人陷害的，那麼得到自由的他自然會站在他們這邊。

「謝謝。」瑟爾說。

「我只是跟他們說了一聲，你可能在這裡。」尼爾小聲嘀咕。

「外面的聖騎士已經被我們控制住了。」布利安又說，「看來這些人連自己人都隱瞞，有一大半騎士都不知情。」

「他們不敢說出真相。」瑟爾說，「像艾迪那樣不願意遵循的人，一定會離開教會。」

「你說的沒錯。」布利安得意道，「所以我剛才稍微挑撥幾句，他們就自己打起來了。」又說，「年幼和年邁的精靈和混血們，還有傷患，我都已經命人護送他們離開了。不過艾斯特斯那小子見有縫可鑽，準備渡河去偷襲聯軍。畢竟這些小傢伙們說，現在聯軍的總指揮官大人正巧也不在大本營。」

「什麼？」聯軍的總指揮官，那不就是伯西恩？他不在聯軍營地，難道也在這裡？那為何一直都沒有出現？瑟爾臉色低沉。

樹牆被火焰燒毀，紅龍低沉的聲音傳來。此時，他的臉上都已經爬滿了龍鱗。

「你以為已經勝券在握了，薩蘭迪爾？」迪雷爾沙啞笑道，「聖者早就料到會有這個場面了，畢竟你可不是一般難對付的對手。」

他的模樣逐漸從人蛻變成龍。最後，一頭巨大的成年紅龍出現在眾人眼前。

巨龍喉嚨裡發出來的聲音，好似風暴般鳴響。

「你們這些人，還有大裂谷的那些精靈，今天一個都跑不了。」

牠的巨爪往前踏一步，地脈就隆隆作響。

「你還準備玩這些無聊的遊戲到什麼時候，薩蘭迪爾！」巨龍吼道。

「退後！」瑟爾雙手以長劍撐地，銀色的雙眸中泛出微微光芒。

難道，真的要在這裡使用以利的神力嗎？

「上啊，雷德！」就在此時，天空中傳來少年的一聲吶喊。

另一頭紅龍從天而降，鋒銳的尖爪直接鎖住迪雷爾的脖子。

兩頭巨龍混打在一起，乍一看，好像兩隻長蟲在泥地裡廝殺。

「打牠的後背！」

「小心牠的尾巴！」

「咬牠！」

不同的是，顏色更加明亮，身形稍微小了一些的那頭巨龍背上，還坐著一個搖搖欲墜的人類少年。少年就如同一個指揮官，不斷為己方的紅龍加油助攻，指明方向。

迪雷爾不堪其擾，張嘴就朝這隻趴在巨龍背上的螻蟻咬去。

年輕的紅龍及時後退幾步，望向迪雷爾，喉嚨裡發出威脅的呼嚕聲。

「我沒事。」少年趕緊安慰他，「你不要暴躁，不然又要被藥水控制心神了。」

「雷德！哈尼！」陸地上的熟人們高叫起來，「小心後面！」

紅龍與少年們回首望去，驚訝地發現巨籠裡的另外幾頭巨龍也站起身來，神情麻木，宛若傀儡。然而，這些傀儡巨龍沒有朝他們進攻，而是站在原地，身上漸漸散發出光芒。

令人覺得恐怖的一幕發生了，只是片刻功夫，那些被控制的巨龍全部化成了一堆白骨。而牠們血肉與靈魂裡蘊藏著的龐大力量，也被虛空吸走。

「迪雷爾！」雷德悲憤地吼道，「我要殺了你！」

「雷德！」哈尼緊緊抱著牠的脖子。

「那是什麼……那是什麼！」人群之中，安最先望向大裂谷的方向，注意到了異樣。

只見東方的天空，一抹不祥的血紅逐漸染紅了大半天際，而那片紅色中，一道幾乎遮蔽了整個夜幕的黑色陰影開始隱隱顯現。

它與大陸遙遙相望，像是天空張開了一隻罪惡的眼睛。

「惡神！」瑟爾失語。

「哈哈哈哈，我說過。」迪雷爾大笑著，「你們註定會失敗！」

伊馮不再戀戰，幾個縱步，跳到迪雷爾的爪子上。

「薩蘭迪爾大人。」聖騎士冷冷注視著瑟爾，「您遲早會明白，只有我們，才是這片大陸上唯一的正義。」

大裂谷的封印失效，地下大門徹底打開，惡魔和黑暗生物們狂嘯著從最深處席捲而來，吞噬他們所能見到的一切生命。

「哈哈哈，終於！」利維坦縱情享受著這一幕，擁抱這醉人的絕望。

在大裂谷的另一邊，精靈們揹起長弓，拾起彎刀，俊美的面孔望向前方，眼神清透而鋒銳。

「走吧。」為首的精靈戰士輕輕喊了一聲。

他們迎向前方的地獄和魔鬼，不再回頭。

光與暗之詩

DEAR MY THRANDUIL

CHAPTER FORTY SEVEN

天馬騎士

「哎呦。」屁股著地的時候，法師學徒痛得齜牙咧嘴，不免對罪魁禍首抱怨，「您就不能輕一點嗎，老師！我要被您摔笨了！」

黑袍法師看著他，嘴中吐出毒液，「你怎麼可能摔得更笨？」

阿奇忍不住翻了一個白眼，「老師您似乎對我很不滿。」

伯西恩沒有回答這句話，而是問：「我讓你留在大裂谷，你為什麼跑到這裡來？」

「我關心你啊！」阿奇有一種好心被當成驢肝肺的委屈，「現在大家都以為你是惡人，精靈們還派出小隊刺殺你，我能不來攔著他們嗎？」

「難道我不是嗎？」伯西恩淡淡道。

「啊？」阿奇一愣，「你說什麼？」

就在此時，師徒倆同時看見東方天空的異樣，當那邪異的惡之眼在穹廬中緩緩展開它的原貌時，每個人好像都從靈魂中感覺到了寒意。

「那是什麼？」阿奇怔然地望了好一會，想要回頭問伯西恩，卻突然踉蹌一步，被人推向前。在摔下去的前一刻，他看見伯西恩的黑眼睛。

——誰說我不是惡人？

†　†　†

「艾斯特斯！」阿爾維特抓著精靈王儲的肩膀，「河對岸的聯軍士兵好像不太對勁！」

精靈們的優秀視力，足以讓他們看清聯軍陣營中發生的異變。那些士兵正在互相廝殺，就像喪失了理智的野獸一樣，只剩下殺戮的欲望。

「是受到天空中那隻怪眼的影響嗎？」阿爾維特喃喃自語。

他們都注意到了那隻神祕而可怕的巨眼。

「他們過河來了！」一旁有精靈提醒。

那些聯軍士兵好似亡靈骷髏一般，搖搖晃晃地往樹海走來。沒有指揮官，沒有軍陣，行進間毫無章法，簡直就像是來送死。

這絕對不正常！然而這份顯而易見的異常，讓精靈們不由得有些猶疑。

艾斯特斯騎在巨狼之上，雪銀的長髮迎風飛舞。

「不過是一群喪失理智的怪物！後方還有我們的家園，我們的親人！此刻，我們身處他鄉的同胞也許正在與最可怕的敵人戰鬥！我們要在此退縮嗎？」

「不！！」

「跟上我，迎戰！」

年輕的精靈王儲身先士卒，精靈們呼應著他，衝向戰場。

在這一刻，數百年前瑟爾帶領同胞們參加退魔戰爭的那一幕，彷若又重現眼前。

無論歲月過了多久，流淌在他們血脈中的信仰始終不變。

「不自量力。」不知是誰，輕輕譏嘲了一聲。

瑟爾抬眸，看見那個姍姍來遲的男人——伯西恩．奧利維。

「我還在想你是不是逃跑了，法師。」巨龍迪雷爾笑道，「沒想到你還是及時出現了。怎麼，你也覺得這群傢伙是不自量力嗎？」

伯西恩並沒有回答。

自從他出場以後，那雙黑眼睛就一直盯著瑟爾。相反地，瑟爾沒有看過他一眼。

伯西恩唇角的弧度平直而僵硬。

「完成你的任務。」伊馮催促他。

伯西恩抬起手指，法杖間的光芒在微微發亮。

「糟糕！」布利安說，「他要使用瞬移法術！」

「難道他想把我們全部帶走嗎？」

「阻止他！」哈尼說。

雷德盤旋著俯衝過去，迪雷爾擋在正在施法的伯西恩面前，「先過我這一關。」

兩頭紅龍再一次纏鬥在一起，情況進入僵局。

「瑟爾，你在幹什麼！」布利安忍不住催促。

作為當事人之一，瑟爾未免太過安靜了。

獸人這一喊，人們才發現，瑟爾不知什麼時候解開了長髮，正將他那枚聖騎士銀釦握在掌心把玩。

瑟爾將銀釦往上一扔，又牢牢握在掌中。

「我討厭被威脅。」他輕聲說。

下一瞬間，傳送法術的光芒和以利的神力光芒同時乍現，猶如一顆爆炸的恆星，燦爛地灼燒至方圓百里。許久，當光芒消滅之後，原處卻半個人影都看不到。

過了好一會，一隻焦黑的手臂從焦炭底下冒了出來。

「呸，呸。」阿奇吐出泥土，摸了摸臉頰，茫然地看著四周，「這……這是怎麼回事？」

有人問了相同的問題。

當他們從半空中盤旋著掉下去的時候，望著越來越近的地面，艾迪高喊：「為什麼我們在天空中飛！」

「不是飛，是摔下去了。」尼爾說，「你以為你長了一雙翅膀嗎？」

「薩蘭迪爾大人呢？伯西恩呢？伊馮團……他們怎麼都不見了！」

「他們傳送至別處去了，我們沒和他們在一起，應該是薩蘭迪爾在伯西恩施法時動了手腳。」

布利安緊緊閉著眼，默默念起被送走的女兒特蕾休以及妻子的名字，從始至終沒開口說一句話，也沒有向下看一眼。

「他怎麼了？」有一同被傳送來的精靈問。

其他精靈莫名其妙地搖了搖頭。

「比起這些——」尼爾怒其不爭地吼，「你們應該想一想，這樣下去，我們落地會不會摔成肉泥！」

「艾迪！」有人高喊著，從上空接近他們。

一隻龐大的羽翼，托住了下墜的人們。

「哈尼！雷德！」艾迪感激涕零，「還好有你們。好了，這下除了薩蘭迪爾大人，我們終於都到齊了！」

尼爾突然冷冷笑了一聲。

「恐怕你們還忘了一個人。」精靈安苦笑道。

樹海裡，從廢墟中爬出來的阿奇揉了揉發癢的鼻子。

有了雷德充當坐騎，一群人總算平安降落。不過比起自己的安危，他們更加關心不知所蹤的阿奇和瑟爾。

「這是哪裡？」終於站在堅實的地面上，布利安總算回過神，想起最切實的問題。

然而，彷彿是機緣巧合，還沒等他們費心去打量周圍的環境，另一個久違的熟人從天而降，出現在他們面前。

「下面的人，讓一讓！」拍著雙翼的天馬降落在地面，馬背上的騎士一邊拉下面罩，一邊驚訝道，「我從大老遠看過來，還以為是自己眼花了，為什麼你們在這裡？」

「蒙特！」

認出半精靈的人都目瞪口呆，更令人詫異的是蒙特身後那鋪天蓋地般，正在飛越天空的密密麻麻的天馬騎士們。

「是你的熟人嗎？蒙特。」

一個高大的騎士緊跟著蒙特落地。

他有著一雙毛茸茸的耳朵，看起來像個獸人，卻像人類一樣皮膚光滑，牙齒平整。這個半獸人禮儀得體，對著眾人先介紹自己。

「初次見面，我是波利斯，你們可以叫我波里。」

「波利斯！」

在其他人還沒反應過來之前，最博聞強識的吟遊詩人低呼：「是南方自由聯盟的創始人之一，現在南方僅有的三位超凡者之一，波利斯！」

半獸人豪爽笑道：「哈哈哈，那都是很久以前的事啦！這次我只是來還人情而已！你說是吧，小蒙特？」

半精靈纖細的身體，差點被這一巨掌連肺都拍出來。他咳了幾聲，才道：「瑟爾讓我去南方找波利斯，我正準備回去找你們。發生什麼事了？」半精靈敏感地問。

「我想，你們現在可能不必全部去樹海了。」尼爾說，「看見天上那隻噁心的眼睛了沒？我們的殿下被邪惡的法師抓走了，我想他們應該是去了那裡。」

「英雄救美，我最喜歡的戲碼！」波利斯哈哈笑道，「蒙特，你就帶著一半的天馬騎士回樹海，救你們的同胞吧！剩下的人，跟我去大裂谷！」

這位來匆匆去也匆匆的強者，不給人任何迴旋的餘地，又騎著他那匹不堪重負的天馬上了天。鋪天蓋地的天馬騎士們也瞬間分成兩半，一半跟著波利斯飛遠了。

「波利斯，波利斯．巴特！」遲鈍的艾迪終於想了起來，「這個人不就是在退魔戰爭後期出現的英雄，初次見面就把薩蘭迪爾大人當成女性，還向大人求婚過的那位巨鷺騎士嗎！」

「他騎的是天馬，為什麼要叫巨鷺騎士啊？」

沒有人知曉這個答案，而唯一知道真相的瑟爾，現在正在面對他的敵人。

瑟爾和伯西恩面對面站著，他們腳下，就是如噴發的火山口一般，不斷冒出火焰與瘴氣的大裂谷。瑟爾能聽見惡魔的吼叫與歡呼，也能聽見族人的箭雨與悲鳴。

他望向眼前的黑袍法師，終於開口，和他說了第一句話。

「是什麼感覺？」

伯西恩的睫毛微微煽動。

「喝下你親人的血肉、皮骨獲得力量，是什麼感覺？」瑟爾問他，「你有沒有後悔過？」

伯西恩閉上眼睛，「沒有。」

他怎麼會後悔呢？

光與暗之詩

DEAR MY THRANDUIL

CHAPTER FORTY EIGHT

神臨

在伯西恩說出答案的那一瞬間，瑟爾就提起長劍向他砍去。

法師自然不會甘心落敗，盡全力與瑟爾周旋。

就在這兩人打得難捨難分之際，在空中觀察情況的迪雷爾問：「我們就這樣放他們不管嗎？」

伊馮看了一眼腳下肆虐的魔潮，以及辛辛苦苦和魔潮戰鬥的精靈們，意有所指地說：「薩蘭迪爾的時間不多了。」

瑟爾的時間的確不多了，在發現精靈們陷入苦戰之後，他就不願意再和伯西恩糾纏。揮劍砍向法師只是一時氣憤，他最需要做的是把精靈們從惡魔的包圍中救出來，要解決法師，可以之後再做。

「你想去哪裡？」伯西恩卻不願意就這麼放過他，擋住瑟爾的去路。

「伯西恩。」瑟爾把這個名字從牙縫間嚼碎之後吐出來，然而還沒等他說什麼，伯西恩卻先開了口。

「還記得你幫貝利種的『安魂樹』嗎？」

因為他提起了意料之外的事情，瑟爾愣了一下。

「『安魂樹』要一百年才會長高一寸。」伯西恩說，「要等它長到與人同高，需要多久？」

「安魂樹」永遠長不高的，因為它一長至人類膝蓋的高度，便會成為森林裡動物們的食物。新生的芽一冒出尖頭就會被啃食乾淨，自然不能再長高。

瑟爾不認為伯西恩會不清楚這些，卻不明白法師此時故意提及此話的意思。

伯西恩說：「有些事就像『安魂樹』，永遠不會有枝繁葉茂的那一天。」

「你！」

瑟爾這才發現自己動彈不得。

原來就在剛才說話的功夫，伯西恩不知何時悄然布下一個陣法，將瑟爾牢牢束縛在內。他在法術上的造詣實在非常人可比，即便是瑟爾，一時之間也無法輕易突破這個束縛法陣——尤其是在他限制自己使用以利神力的情況下。

「伯西恩！」這一次幾乎是嘶吼著喊出來，瑟爾的眼瞳漸漸泛紅。

法師罔若未聞，看著精靈們逐漸因為不敵如浪潮般襲來的惡魔而潰敗，他故意說出刺激瑟爾的話。

「聽說精靈王特意將一批最精銳的戰士調離樹海，駐守在大裂谷，現在看來，這些精靈在魔潮面前也是束手無策。還是說，精靈王明知會如此，還打算白白犧牲自己的子民，以樹立美名？如果將這些精銳留在樹海，至少你們在面對聯軍時，還不至於那麼狼狽。」

「他可真敢說。」遙望戰局的迪雷爾陰陽怪氣地道，「那個戀父的小子要氣瘋了吧！」

事實上，瑟爾的表現並不如其他人想像的那麼激動，然而熟悉他的人知道，在怒火中冷靜下來的瑟爾，才是他最可怕的時候。

他手中的長劍開始蔓延出神聖的光芒。

伊馮眼前一亮，「他要使用神力了！」

瑟爾打破了自己決心不再輕易使用以利神力的諾言，憤怒至極後，卻格外冷靜。當以利的神力灌滿長劍，打破了伯西恩的束縛法陣的時候，他甚至還有精力瞥一眼法師的表情。

伯西恩並不驚訝，或許說，他就像一直在期待著這一刻。再看向伊馮，也是一副意料之中的神情。

他們在算計什麼？然而神力已經施展出來，便不由得瑟爾控制。

「飛遠一些！」伊馮突然出聲提醒巨龍。

巨龍剛搧動著翅膀偏離了一些，原處就被瑟爾的力量炸出一個巨坑！

一片山麓憑空消失，山脈之上，陰霾密布的雲層也霍然出現一個巨洞。

「我曾見過他使用以利的力量，怎麼和這一次不一樣！」迪雷爾錯愕。

「你知道聖騎士束髮的銀釦嗎？那是可以調解灌入我們體內神力大小的器物。」

伊馮心有餘悸地說，「對於一般聖騎士而言，銀釦是增幅器，可以使我們獲得更多神力，不過對薩蘭迪爾來說卻是抑制器。之前，他在樹海時已經解下了銀釦。」

伊馮敬畏道：「現在的他，才是退魔戰爭中的那個薩蘭迪爾。」

巨龍迪雷爾看著瑟爾輕而易舉地移山倒海，「那我們還打個屁！」

伊馮卻笑道：「我就怕他不使用神力，你看。」

循著他所指的方向，迪雷爾注意到剛才那道幾乎清繳一切的白芒之下，還有生命存活。

只見精靈們被一個個乳白色的透明罩保護著，全部毫髮無傷。他們看見半空中的瑟爾，神情激動又焦急。

巨龍敏銳地發現了什麼，「那是——」

「是光明神力。」伊馮說，「要對付惡魔們使用的黑暗之力，只有都伊的神力最相剋。以利是眾神之神，它的神力沒有屬性，只要願意，薩蘭迪爾可以將以利的神力變成任何屬性。」

迪雷爾卻還是不明白，「就算這樣又如何，現在這樣我們不還是無法擊敗他？」

「我們不需要打敗他。」伊馮說完這句話，就不再回答他，之後竟然低下頭，在戰場之上開始禱告。

而在遠處，聖城伊蘭布林內，華髮蒼蒼的老人也虔誠地跪在都伊的神像前，念念有詞。

「願您原諒我……」

「願您拯救這個世界，都伊。」

神僕們在光明聖者身後跪了一地，隨同開始念起虔誠的信文。

瑟爾感到腳下的大地突然顫動了一下，似乎有什麼埋在深淵之下的巨獸，要嘶吼著、咆哮著從地底的最深處爬上來。

大裂谷的裂口開得更大了，瑟爾不由得將更多神力轉化成光明屬性，以抵禦惡魔們的侵略，並保護他的族人們。

此時，他就是天地間最純淨的光元素。

伊馮突然大喊：「還愣著幹什麼，使用神器！」

只見伯西恩聞言，從袖中掏出一個吊墜。

千鈞一髮之際，瑟爾恍然明白了什麼。

他驟然想起了白薔薇城，沃特蘭神臨的那一幕，此時此刻，還有什麼不明白的？

「你們，早就算計好了！」瑟爾目眥盡裂。

伊蘭布林城聖光大作，光明聖者垂下他老邁的頭顱，身影沒入光芒之中。

大陸上的每一座都伊神殿內，都有一名主教一起齊聲高喊：「降臨吧，都伊！」

這才是光明神殿的最終目的，不是剿滅精靈，不是奪取冠冕，那些都是次要的。

作為此時天地間最純厚的光元素集合，瑟爾已然成了神臨的最佳軀殼。

他們要讓瑟爾成為都伊降臨人世的軀殼，讓這位神明在凡世擁有真正的肉體，從而可以徹底開始祂野心勃勃的計畫！

迪雷爾將吊墜神器交給了伯西恩，可是連他也被瞞在鼓裡，不知詳情。神器裡藏著都伊神體的一根髮絲，是用來神臨的憑依。然而伯西恩卻抽絲剝繭，從一絲一毫的線索中發現了光明神殿的真正目的，以及吊墜的真正用處。

此時此刻，他舉起吊墜，是打算如伊馮和光明聖者所願，讓瑟爾成為一位神明的肉體軀殼，從此再無自我之自由意志嗎？

伯西恩與瑟爾對望，黑眸裡掠過某種情緒。

在鋪天蓋地的神力即將衝撞之際，他低聲說了一句什麼，幾乎聽聞不到。然後下一秒，伯西恩捏碎了吊墜，都伊閃爍著微光的髮絲懸浮至兩人中間。

聖光大盛，將兩道身影齊齊遮蔽。

迪雷爾被平地而起的颶風吹得連連後退，不免抱怨：「那小子做了什麼！」

伊馮嘴邊卻掛起一絲笑容，眼中充斥著期望與緊張。

「他將創造奇跡。」

「奇跡？」迪雷爾嘀咕，「雖然不知道你在說什麼，但我總覺得那小子鬼鬼祟祟，他會如你所願？」

「他與薩蘭迪爾已反目成仇，又親手了結了奧利維，還害這麼多精靈喪命，你以為他還能與薩蘭迪爾盡釋前嫌？」伊馮說，「就算他以命償還，也得看薩蘭迪爾願不願意。」

就在他們說話間，前所未有的龐然氣勢驟然降臨。它像是撫在眾人肩上的一股壓力，雖不重，卻讓巨龍都無法與之相擋。迪雷爾踉踉蹌蹌地飛著，最終不得已落在地面，收起羽翼，像一隻小蟲一樣匍匐。

「這是……神臨？」巨龍惶然道。

伊馮利用了牠，卻從未想過要將所有事實一應相告。此時眼見大事將成，他才因克制不住激動而坦誠，「是神，是我們偉大的都伊，即將借助薩蘭迪爾的軀殼，降臨這個世界！」

遙遙甩開了大部分的部下，波利斯．巴特騎著天馬，看著那令人愕然的一幕。

「糟糕……我不會來晚了吧？」

颶風的最中心，一切正在慢慢平復。當所有煙塵消散，真相畢露，眾人卻各個詫異。

瑟爾扶著右臂，似乎受了輕傷。然而他眼神清澈，容貌未變，半分都也沒有被神臨的跡象。

相反地，在他身前的黑袍法師卻模樣大變。

他永夜的黑髮變成了燦爛如陽的金色，他不健康的白色皮膚此時也變得紅潤如有光澤。

他雖是人的模樣，卻彷彿有了神的形魂。

法袍在風中獵獵作響，法師睜開了雙眼，卻還是一雙黑瞳。

接著，所有人都聽見一道具有威嚴的聲音直接響徹在心房。

『這是怎麼回事？』

在場雖然有不少人曾經見過水神沃特蘭的神臨，但都伊與沃特蘭怎能相提並論。

在此之前，世人有記載的最後一次都伊神臨，還是一千年前。那一次，惡神與善神在凡世進行神戰，導致了不可挽回的結果。神印大陸的最東方，比惡魔深淵還要往東側，原本有另一個遠古大陸，其上棲息著人類與其他珍稀魔法生物。然而在神戰後期，那座遠古大陸被惡神一擊沉沒，大陸傾覆，生靈屠戮，無一生還。

如今都伊再現，誰都不想再步上遠古大陸的後塵。

然而，都伊只在眾人腦海裡「說」出一句話，就不再言語。他像一個僵硬的木偶，雖然有著栩栩如生的五官，卻根本無法自由操縱身體。

波利斯．巴特趁機而上，一把拽過瑟爾，帶到天馬背上，「還愣著幹什麼！快走啊。」

「這是怎麼回事？」伊馮也驚怒，「為什麼被附身的不是薩蘭迪爾！」他又道，「追上他們！」

巨龍迪雷爾搧動著翅膀，卻不慌不忙，「所以，你們一直瞞著我這件事。」

「現在是談論這個的時候嗎？」伊馮說，「神臨的軀體出了差錯，都伊不適應伯西恩的身體，要儘快把他們換回來。」

「還能換嗎？」迪雷爾驚訝。

伊馮：「……」其實他也不確定，想了想便問，「利維坦呢？」

「下去了。」迪雷爾指了指下方的大裂谷，「剛才下面動靜那麼大，那傢伙就趁機鑽進去了，想必現在已經投進惡神的懷抱之中了吧。」

光明神殿和這些惡魔混血本就是相互利用。伊馮他們利用惡魔激發瑟爾使用光元素，而利維坦何嘗也不是想利用光明神殿的野心，為惡神的回歸創造一次機會？眼下，這個傢伙趁著大裂谷入口擴張之時，成功潛入了深淵，還不知道以後會惹出怎樣的麻煩。

伊馮沉著臉，「只要都伊成功神臨，惡魔與深淵之主都不是問題。」

唯一的問題就是瑟爾，原本最完美的神臨軀殼，此時還完好無損地保留著自己的意志，這可不如光明神殿所願。其他人都對這個狀況感到驚訝，唯有瑟爾，似乎已經預見了這個情況。

波利斯將精靈撈到自己的馬背上，回頭卻見到瑟爾還在盯著遠處的都伊，眼光流轉，似乎在打著什麼主意。他不由得頭疼，「你想做什麼！給我省點心，那可是光明神！」

「波里？」瑟爾這才注意到老友，回過神來望向他。

「好久不見，要不要問個好啊，瑟爾？」波利斯．巴特扁扁嘴，「聽說你之前還去了風起城一趟，怎麼都沒來找我？」

即便是在戰場上，老友重逢，依舊讓瑟爾會心一笑。

「哪敢為一些小事去打擾你，你現在可是拖家帶口。」

波利斯卻說：「自從你和奧利維一個去聖城閉關，一個在梵恩城養老，我就再也沒見過你們。你們倒好，也不來看看我。奧利維呢，這次你見到他了嗎？」

瑟爾神色微微黯然，沒有說明真相，只是說：「他是人類，波里。」人類的壽命，不像他們那麼悠長。

「……是嗎？」波利斯嗓音壓低，也好一陣子不再說話。

「怎麼還沒飛出去！」過了不久，波利斯說，「我們一直在原處打轉？」

瑟爾連忙道：「先放我下去！」說著，不等波利斯回應，他就從天馬上一躍而下。

「喂喂！」

「瑟爾！」

瑟爾在空中靈活轉身，落地時借助樹枝抵銷慣性，安然著陸。

「薩蘭迪爾。」

精靈們紛紛圍了上來。

瑟爾瞥了一眼天空，都伊還是一動也不動，像個沒有靈魂的空殼。瑟爾神色複雜地看向那具已經變了靈魂的軀殼。伯西恩還活著嗎？還是說，他的靈魂已經被都伊消融了？

「薩蘭迪爾！」巨龍迪雷爾帶著伊馮俯衝過來，但在他衝到精靈們面前之前，被另一人擋了下來。

「好久不見啊，臭爬蟲。」波利斯調侃說，「沒想到你現在改頭換面，倒成了都伊的看門犬。」

「波利斯．巴特！」巨龍吐出龍炎，「你也要與我作對？」

「你太高估自己了。」波利斯冷笑，「只要是擋在瑟爾路上的，我管他是爬蟲還是臭蟲，全部都得剷除！」

巨龍又噴出一口帶著火元素氣息的龍炎，波利斯卻放開天馬的韁繩，自己躍至空中。

在精靈們驚訝的目光中，一對灰白色的巨大羽翼在他身後緩緩展開。

半獸人巨鷺騎士的名號可不是白來的，他有四分之一的狼血統，四分之一的巨鷺血統，還有四分之一的高地人和人類血統。這就是多種族混血的優勢，他們集齊了各種族的長處，兼收並蓄，發展出另一條道路，有些混血的天賦甚至遠遠超過各個純血種族的菁英。

然而在數百年前，混血們在大陸的生存狀況一直令人堪憂，直至退魔戰爭結束之後，波利斯和志同道合的同伴們建立南方自由聯盟，才稍微緩解了這個情況。

此時，大名鼎鼎的巨鷺騎士對上巨龍迪雷爾，絲毫不顯弱勢。可就在他士氣勃勃，欲與巨龍一較高下之際，瑟爾卻朝靜止中的都伊走去。

波利斯差點被嚇破了膽，又不由得惱怒精靈們沒攔住瑟爾。可瑟爾一意孤行，哪是其他人能阻止的。

伊馮從巨龍背上跳下來，欲追上去，卻被精靈們攔住。

因為之前光元素的爆發，此時此刻大裂谷附近充斥著純淨的光元素氣息，惡魔們早就不見了蹤影。因此，伊馮根本找不到其他人來與精靈們對戰。

他要做什麼？伊馮望著瑟爾的背影。

同一時間，其他人也在想這個問題。

瑟爾站到都伊面前，望著那張熟悉又陌生的面容。許久，他輕輕喊了一聲：「伯西恩。」

都伊睜眼朝他望來。

那雙眼瞳依舊是如墨的黑色，然而眼神裡的冷漠與疏離卻讓瑟爾知道，這不是伯西恩，再也不是了。

伯西恩·奧利維這個人連同他的靈魂，已經從這世間徹徹底底消失殆盡，一縷塵埃都沒留下。

在伯西恩捏碎吊墜的那一刻，光芒驟然籠罩住他們兩人的瞬間，瑟爾還滿心戒備地望著法師，卻看見伯西恩莞爾一笑。

「我保證。」法師說完這句話，肉身便被光元素吞沒。

福至心靈般，那一刻，瑟爾突然明白了伯西恩想要做什麼。

他用自己替代瑟爾，成為都伊神臨的軀殼，可是他為什麼要這麼做？那一句「我保證」是在向瑟爾保證什麼？他們曾經許過什麼諾言嗎？

『以利。』

像一個吱嘎作響的老舊門扉，「都伊」發出聲音。

『你……身上，有以利的氣息。』

「是啊。」瑟爾抽回思緒，看著這個所有事件的始作俑者，「聽說您降臨，是為了向以利復仇？那在您復仇之前，我先把你送回去如何！」瑟爾舉起長劍，彙聚起以利的神力，想也不想就朝都伊砍去。

一道光元素屏障擋住了劍鋒，然而，都伊臉色隨即變得凝滯，似乎體內有什麼在阻礙他如臂指使地運用光元素。

這是伯西恩留下的陷阱。他既然早早有所準備，以自己替代瑟爾成為神臨的軀殼，那麼想必也在自己體內埋下了限制都伊的陷阱。瑟爾注意到光明神的眼睛依舊是黑色的，不像傳說中記載的是金色眼瞳。這恐怕就是伯西恩留在體內的限制之一。

「這不是你該在的地方，回去吧，都伊！」

「阻止他！」遠處的伊馮見狀，連忙喊。

巨龍轉了個身，似乎想朝這邊趕來，卻被波利斯攔住。

「一對一。」波利斯說，「可別耍賴啊。」

瑟爾實在是占了便宜，因為伯西恩留在體內的種種限制，光明神根本無法發揮自己實力的萬分之一。眼看僅次於以利的強大神明處處受限，被瑟爾追擊得無力還手，旁觀者們啞然無語，卻不知曉這一切需要有人隱忍不發，步步為營，才能在最後一刻絕地反擊，打得光明神殿措手不及。

直至這時，這個算計了所有人，並且祕密謀劃好一切的人是誰，還有誰不明白呢？

「伯西恩。」伊馮咬著那個名字，恨不得將其生吞活剝。

可他想不通為什麼，因為貪圖實力，甚至連自己血脈親人的血肉都能生吞的人，為什麼會為瑟爾做到這一步？

就連瑟爾自己也想不清楚。然而，在解決光明神之前，這些都不重要！

神臨不完全的都伊，就像是一個被限制在核桃殼裡的巨人，綁手綁腳，委屈地被一介螻蟻狼狽追擊。光明神並不是會行無謂之事的人，當明白眼前這副神臨的軀殼對他來說只是枷鎖時，都伊便任由瑟爾攻擊。

長劍刺穿肉體的那一刻，都伊冷靜地道：『你的名字。』

「薩蘭迪爾。」瑟爾抽回劍，「如果有朝一日，你還能降臨這世界，就儘管來找我復仇好了。」

都伊微微一笑，裂紋從他眉心蔓延開來。下一刻，伯西恩的軀體像是一顆碎裂的水晶，砰地一聲化作千萬塵屑，紛紛揚揚，灑滿了整個大裂谷。

瑟爾有些茫然地站著。這一瞬間，他突然想起了伯西恩的那句保證，那是在白薔薇城時，瑟爾與伯西恩的一段對話。

——你去吧，瑟爾。在你回來之前，白薔薇城絕對不會被攻破。

——你保證。

——我保證。

黑袍法師似乎早就在心裡許諾。

——我不僅為你守下白薔薇城，我還會為你守護所有你想要守護的事物。

哪怕魂飛魄散，全然消亡。

「……值得嗎？」瑟爾怔愣地，看著手中點點碎屑。

沒有人回答他。

光與暗之詩

DEAR MY THRANDUIL

CHAPTER FORTY NINE

向東方去

都伊神臨失敗後，伊馮和迪雷爾趁機遁去，精靈們追之不及，也無暇去追。因為還有很多麻煩等著他們去解決。

波利斯收起羽翼，從天上落了下來，他蹙眉打量著滿地狼藉。

「收到你的求助時我還不敢相信，現在我明白，你和整個光明神殿對上了，難怪會放下面子跑來找我幫忙。嗯？怎麼了？」

他敏銳地注意到精靈似乎有些不在狀態上。

「薩蘭迪爾！」

「殿下。」

巡遊大裂谷的精靈們，此時也紛紛聚攏過來。大戰過後，眾人不免都圍住瑟爾七嘴八舌地詢問起來。

「剛才那個是光明神的神臨嗎？」

「你有沒有受傷？」

「阿奇回去找你了，你沒有遇見他嗎？」

聽到阿奇這個名字，瑟爾才回過神來。

「他不是已經死了？」

「誰說他死了？」精靈戰士們詫異地反問。

瑟爾：「……」

阿奇・貝利沒有死，伯西恩又以身相替，若是到了這一步，瑟爾還沒回味過來，他就白活了三百多年。

「回樹海。」他說。

伯西恩已死，真相究竟是怎麼一回事，現在只有阿奇・貝利一個人清楚。

而瑟爾心心念念的阿奇・貝利，剛從廢墟裡爬出來，就被聞聲而來，詫異地發現自己孫子死而復生的貝利大法師用力揪著耳朵。

「阿奇・貝利！你小子竟然還活著！」

「痛痛痛！祖父，噯，祖宗，您饒了我吧。」

「我饒了你？」貝利大法師被他氣得早已不在意所謂的賢者風度，「這麼長一段時間，你跑去哪裡了？別人來告訴我你死訊的時候，你想過我是什麼心情嗎？你手無縛雞之力，跑到聖城去告密，你想過會有什麼後果嗎？我們貝利家要是後繼無人！我唯你是問！」

「我能不這樣嗎？當時那種情況，難道要我去向您求救嗎？」阿奇也被罵出脾氣來了，「知道自己親祖父牽扯到這麼大的陰謀裡，您想過我的心情嗎？」

貝利大法師愣了一下，頹然道：「……是我，是我鬼迷心竅。」

阿奇見狀，也有些不忍地道：「您別這麼說。現在既然我們都在薩蘭迪爾的陣營裡，就不要再助紂為虐了。」

貝利大法師忍不住瞪他一眼，「那你要和光明神殿作對？精靈樹海裡現在還有多少戰力？」他指著幾乎已化為廢墟的叢林，「對面還有聯軍虎視眈眈，你覺得薩蘭迪爾他們能撐到最後？要不是為了替你報仇，我也不會……唉。」老法師嘆息說，「除非現在有千軍萬馬從天而降，否則今日，你我祖孫兩人都要葬身此地了。」

老法師年紀大了，不免嘀嘀咕咕起來。

「可憐你身為我貝利家的子孫，現在還是個法師學徒，不僅五系未沾，連個正經八百的法術都使不出來。我要是去了地下，有什麼顏面去見祖輩。」

「祖父！」

「你還這麼不務正業，我真是死也不瞑目。」

「您別說了！」阿奇打斷他，指著老法師身後的天際，「看，您想要的千軍萬馬，來了！」

貝利大法師不相信自己孫子信口雌黃，但他回頭一看，差點以為自己真的老眼昏花了。

只見黃昏下，數千名騎著天馬的騎士越過霞光與雲層，從天而降。在他們身後，被傳送走的紅龍雷德和布利安等人也緩緩歸來。

†††

瑟爾立即返回樹海的計畫胎死腹中，他不可能丟下受傷的數千精靈戰士們不管。

所幸有波利斯以及他的天馬騎士相助，傷患很快就被轉移出戰場，然而如何安置傷患確實是另一個問題。大裂谷附近的人類城鎮，最遠也在千里之外，且那裡屬於光明神殿的管轄範圍，瑟爾可不想在這個時候再去自找麻煩。

「天馬的飛行速度僅次於巨龍，但是負重能力遠遠不如。如果要載你的這些同族離開，我們的飛行速度只會有原來的三分之一，趕到樹海也需要三日。萬一途中再遭遇光明神殿襲擊，那就無法應對了。」

出於種種原因，瑟爾最終決定暫時先不回樹海，而是就近找一塊地方安置受傷的精靈們，再做下一步打算。

波利斯和他看了一下地圖，最終決定沿著大裂谷向東，前往惡魔深淵。

對他們而言，比起被光明神信仰控制的人類城鎮，惡魔們反而沒那麼可怕了。

「而且光明神剛降世，惡魔們暫時也不敢捲土重來。這對我們來說，是一段安全時期。」

計畫既然已經定下，就只差按步實施。

臨撤走的時候，精靈們從已成荒土的大裂谷中，抓起一把把飛塵灑向空中，馬革裹屍不能還，然而亡故的精靈們的靈魂，彷彿也在這一飄一揚中得到了慰藉。

東行的路並不順暢，即便沒有了惡魔的騷擾，疾病、傷患以及惡劣的自然條件，依然是不小的挑戰。

波利斯帶來的天馬騎士大部分都跟著蒙特去了樹海，留下來的一半要充當護衛，另一半則要充當馬車，也根本沒什麼時間休息。就這樣一路急行軍，終於在第五日，他們看到了深淵的邊緣。

那裡一片漆黑，沒有大地，沒有界線，甚至沒有上下與方向。人一旦淪落到此地，彷彿連靈魂都會被黑暗吞食。

群山連綿的綠色，到此好似大地被一筆濃墨抹煞了一塊，戛然而止。

「這麼多年了，這裡還是一點都沒變啊。」

波利斯看著眼前的奇景，不由得感嘆。

「聽說惡神就沉睡在這深淵之下，而曾經被它擊沉的遠古大陸，也沉沒在深淵之下。這下面究竟是什麼模樣，真叫人好奇啊。」

他回頭，卻見到瑟爾在擺弄一個小小的玻璃瓶，裡面有什麼東西在隱隱發光。

「這是什麼？」波利斯不由得湊過去。

「沒什麼。」瑟爾將掛著小瓶子的鏈子收回衣領內，反問，「你帶著這麼多人馬出來，南邊的事務怎麼辦？」

波利斯不在意地道：「隨他們怎麼鬧吧，我只要管好自己的一畝三分地就行了。」

瑟爾聽到他這語氣，便知道南方自由聯盟如今的形勢也不盡所料。

想一想也對，連利維坦那種信仰惡神的惡魔混血都混在其中，南方自由聯盟只會比他們這邊更混亂。

可是波利斯最初建立南方自由聯盟的初衷，完全成了笑話。

那裡雖然成了混血們的庇護地，但是隨著加入的混血越來越多，人心越發複雜，就成了一個各自為王、秩序混亂的國度。

波利斯本就不擅長政治鬥爭，想必這幾年他也被排擠得厲害。但是看見這些天馬騎士，就可以知道願意追隨他的人還是不少。

瑟爾想了想，說：「要不然，我們來建立一個真正的『自由聯盟』。不僅是南方，讓南北方所有的混血、無家可歸者、被迫害者、不自由者，都可以自在生活，都有權利說『不』，都能有自己的選擇和主張，都不會再因為信仰、種族和性別，或是任何其他原因而受到歧視和不公的自由國度。」

波利斯張大嘴愣愣地看著他。

他不是不相信瑟爾，只是他知道這位故友想必不喜歡被牽涉至俗世的權力漩渦。

「你……為什麼突然說這些？」

「因為我現在才明白，不是我不想沾染權力，權力就不會來干涉我。」瑟爾望著北方，「還因為我們的下一個敵人，毋庸置疑，擁有著目前這個世上最強大的權勢、力量和野心。」

光明神殿。

波利斯突然笑了。

「那必然是很艱難的一條路。」

瑟爾握著懷中小瓶，瑩瑩之光，可以燎原。

「再難，也不妨一試。」

光與暗之詩

DEAR MY THRANDUIL

CHAPTER FIFTY ONE

黑影

「伯西恩・奧利維。」

「奧利維法師。」

「老師！」

黑暗的狹道中，被眾人呼喚的身影兀自前行，似乎沒有任何值得他留戀的事物。直到有人在後面輕輕喊了一聲。

「……伯西恩。」

袍袖搖曳，法師聞言轉身，卻露出一副陌生容貌。那雙和髮色一樣璀璨的金色眼眸，毫無感情地望了過來。

†††

伊蘭布林，夜，燈火通明。

當光明神殿的御用法師團「賢者之光」的法師們一一點亮聖城街道上鱗次櫛比的街燈時，伊蘭布林便成了白海之畔最耀眼的一顆明珠。

「魔癮」雖然正肆虐大陸，但是對於聖城的居民來說，那都是遙不可及的。他們或許會在聽到又一個淪陷區的不幸消息後，留下微不足道的喟嘆，卻不至於為此影響到自己的生活。可以說，現今整個大陸，只有聖城內的居民們還在享受著衣食無憂的生活，不必為性命擔憂。

人們把這歸為都伊降下的福祉，為此感激涕零。

內城，神座之間。

伊馮匆匆歸來，還未洗塵，便到光明聖者面前負荊請罪。

光明聖者聽完他的敘述，遙遙一嘆。

「這些變數也不能怪你，是我們準備不周。」

「聖者大人！」伊馮說，「如今神臨未能成功，是否會對我們之後的行動有所影響？」

聖者思考了一會，說：「按照我原本的判斷，肉身足以承受都伊神臨的，應該只有薩蘭迪爾一人。現在神降臨在伯西恩身上，失敗後又肉體潰散，雖然不至於影響到全域，但不免有些令我疑惑之處。」

伊馮認同道：「是伯西恩一直隱忍不發，才會被他見縫插針。」

「可是——」聖者卻說，「伯西恩實力再強，也不過是一個凡人，他的肉身強度和薩蘭迪爾完全不可同日而語。我疑惑的是，神臨為何會在他身上成功。」

伊馮蹙起眉，「神臨最終失敗，不就是因為伯西恩肉體孱弱，不能承受都伊強大的精神嗎？」

聖者沉默了一會，搖搖頭，「神臨遠不如你所想的那麼簡單，沒有足夠的契合度，即便是我，也不可能……算了，不提這些。」

他又看向伊馮，「薩蘭迪爾現在在何處？」

「應該還在大裂谷附近。」伊馮有些不放心地說，「他已經完全知曉我們的計畫，我擔心他會對我們不利。」

「是肯定。」光明聖者深深嘆一口氣，「我了解他的脾氣，我們這次這樣算計他，他一定已經在琢磨要如何十倍奉還了。」

「那豈不是——」伊馮的臉色陰沉。

「從我們走上這一條路起，不就已經知道它註定崎嶇坎坷嗎？」聖者對著眼前高大的都伊神像，默念了一句信文，「想想你的兄弟，想想這城內的數十萬人，還有整個大陸數千萬的性命。伊馮，我們還有時間去懼怕這些敵人嗎？」

伊馮眼神清澈，神色堅毅，「不。為了您，為了都伊。」

「好，明天，我們就將那個消息公之於眾吧。」

聖者做了最後一個決定，想起這麼做無疑已經是破釜沉舟，再沒退路。他突然想起了義無反顧以身相替的伯西恩，要做出這種不能後悔的決定，需要多強的毅力與意志啊。

光明神的信徒們是為了自身信仰，可伯西恩，他是為了什麼？

†††

瑟爾霍然睜開眼，看見的是頭頂的黑色簾幕——那一顆星辰也沒有的星空。自從來到惡魔深淵附近後，他們就再也沒有看見過星星。

瑟爾久違地做了一個夢。然而醒來後，卻不記得夢的內容，只是隱隱約約覺得胸口有種被堵塞的滯悶感。

為了不引來惡魔與野獸，精靈們和天馬騎士露宿時，並沒有點燃篝火。因此在這無星之夜，夜幕下最明亮的光芒竟然只有那些螢火的蟲兒，還有瑟爾胸口透著微光的透明小瓶子。

瑟爾摸了摸懷中的小瓶子，想起伯西恩最後的遺言。

如今，他對這個狡猾又深沉的法師觀感複雜，實在難言好惡。和光明聖者一樣，瑟爾不明白伯西恩為何會做到這一步。

我為什麼又在想他？瑟爾反省自己。

無論他是個什麼樣的人，也已經與我無關。而且他間接害死了這麼多同胞，也不能說是完全無辜。

可他畢竟是為你而死。

一個人出於什麼目的，會為別人放棄自己的性命？

瑟爾心中正在天人交戰之際，寂靜的夜被一聲驚叫打破。

「怎麼回事？」不想再出事端，波利斯朝嘈雜聲傳來之處走去。

引發騷動的是一名年輕的天馬騎士，同樣也是一名半獸人。獸人的天性和年輕人的血性，讓他和同伴們無法忍受連日的沉寂，所以今夜他們幾個年輕人趁著夜色，出去探險。

「柏林他掉下去了，不，是被拉下去的！」這位天馬騎士說，「我們當時只是準備站在這個裂縫周圍勘察一番，並不打算真的下去，那是個意外。」

波利斯怒道：「你們知道這是什麼地方嗎，還敢隨便亂闖？意外？出門在外，信不信因為你們的疏忽，一個意外就可以讓我們全軍覆滅！」

幾個惹了麻煩的天馬騎士垂頭喪氣，不敢爭辯。

瑟爾在這時走了過來。

「你來了。」波利斯對他招了招手，「看看這些小鬼們幹的好事吧。現在人不僅失蹤了，也不知道有沒有惹出什麼大麻煩。」

他們此時就在惡魔深淵旁，瑟爾朝那深不見底的裂口看了一眼。

「天馬呢？為什麼沒有載著失蹤的人返回？」

「一起摔下去了。」一個惹事精說，「只是一瞬間的事，不知道這崖底下有什麼，連天馬都飛不上來，我們只隱約見到了一個黑影。」

波利斯臉色一變，「難道是惡魔？」

瑟爾此時也差不多明白這次的失蹤事件絕不是意外，而是深淵之下有某種生物在窺探著他們。至於那究竟是不是惡魔，不能輕下判斷。不過，既然那生物知道要在白天躲避他們，並在夜晚才趁機悄悄抓走一人，至少也是有智商的，而且行動絕不會就此結束。

瑟爾計上心頭，對波利斯招了招手。

失蹤事件，最終似乎不了了之。一個天馬騎士畢竟不是什麼大人物，除了他的同伴們為此傷心，其他人都沒有精力在此時去管這件閒事。

臨時營地加強了戒備和巡邏，一切很快又平復下去。

黑暗中的影子遠遠盯著營地，似乎有些困惑，又有一些得意。見到這幫人對他似乎「束手無策」，他又一次在黑夜中行動起來。這一次，目標是一個單獨行動的精靈。

黑影在暗中悄悄觀察著，直到這精靈脫離了大部隊，不知不覺中走到裂隙旁。他興奮地磨了磨滿嘴的尖牙，也因為太過興奮，尾巴甩在石臺上，發出清脆的「啪」一聲。

這似乎引起了那個精靈的注意，對方往這邊看了一眼，竟然轉身打算走了。

這下他可著急了，怎麼能讓獵物白白逃走呢！

幾乎就在精靈轉身的剎那，他用尾巴借力，從裂隙下如利箭一般竄了出來，鋒銳的尖牙和指甲一同往精靈最脆弱的咽喉處刺去。精靈毫無所覺，他的狩獵就要成功了！

然而，就在冰冷的手臂剛觸碰到那白皙皮膚的瞬間，一股前所未有的危機感從脊椎骨一直往上竄。他下意識想逃走，卻已經來不及了。

一陣天旋地轉，他被用力甩在地上，摔得眼冒金星。於此同時，潛伏在他處的人們紛紛包圍過來，驚道：「這是什麼怪物？」

只見被壓在地上的怪物全身漆黑，只有一雙眼睛和牙齒露出了白色。他滿嘴密密麻麻的尖牙，好似鋸齒，身後更有一條滑溜溜的尾巴，此時正在不斷胡亂拍打著。

即便是瑟爾，看見這樣醜陋的怪物，也沉默了好久。

許久，他開口：「這應該是……人魚。」

「人魚？」

所有人齊齊看向這個醜八怪，還是波利斯最先出聲：「傳說中的人魚是美貌和精靈不相上下的種族，可這個傢伙……那麼醜。」與其說是人魚，不如說是變異海怪！

此時，被瑟爾設計抓住的人魚完全顧不上自己的處境。因為眾人圍攏過來，打亮了燈光，他恰好看清了眼前銀髮精靈的容貌。

周圍的人只聽見這醜陋怪物的喉嚨裡突然發出幾聲怪叫，下一瞬，瑟爾便被他用魚尾絆倒！怪物整個人撲了上去，竟然想要舔瑟爾的銀髮。

精靈們怒了，波利斯也怒了，他上去一把抓住這條不知好歹的魚。

「我今天非要把你宰了，做成烤魚不可！」

光與暗之詩

DEAR MY THRANDUIL

CHAPTER FIFTY ONE

賞金

人魚最後還是沒有變成烤魚，因為在波利斯付諸行動之前，出去巡邏的天馬騎士帶回兩個消息，讓他們不得不先放下手中諸事，小心應對。

消息一好一壞。

好消息是，另一半的天馬騎士在蒙特的帶領下，成功支援精靈樹海，擊潰聯軍的另一波攻擊。這本該是振奮人心的消息，然而在另一條消息的襯托下，就讓人無心慶祝了。

光明神殿發布了一條敕令，痛斥薩蘭迪爾與惡魔勾結的種種惡行惡果，並將「魔癮」和大裂谷的所有異變，一概歸咎於薩蘭迪爾。光明聖者言明，薩蘭迪爾此行此舉已經完全違背都伊和以利的教義，玷汙了聖騎士之榮耀，要求所有光明神在世的人間信徒，立即展開追捕薩蘭迪爾的行動，同時，號召所有有識之士向精靈族宣戰。

舉世譁然。

波利斯聽了消息，差點把人魚的手骨捏碎。可這醜陋人魚叫也不叫，一雙眼只緊緊盯著瑟爾，好像餓死鬼見到了珍饈。

「自己做了壞事，反而把惡名扣在我們頭上？這幫光明神殿的人簡直比惡魔還歹毒。」

瑟爾無奈地瞥他一眼，「誰扣到你頭上了，現在被針對的不是我嗎？」

波利斯上前摟住瑟爾的肩膀，「我們兩個難道還分彼此？昔日一同征戰的好友，如今只剩你我了。」他嘆了一口氣，「你現在被人陷害，我怎麼能不管不顧。」

瑟爾輕輕揮開了他的鹹豬手，剛才差點被一條臭魚舔臉，現在又被好兄弟勾肩搭背，瑟爾現在拒絕和任何雄性生物有親密接觸。

「光明神殿發布這個敕令，是徹底與我對立了。現在外面還不知是什麼情況，也不清楚眾人對這個消息有什麼反應。不過，我認為這不全是壞事。哪有只容他們汙衊我，不准我說實話的道理。」瑟爾挑眉，想了想，「這樣吧，你集結一批天馬騎士去各城鎮據點……」

瑟爾嘀嘀咕咕地與波利斯說了一堆。旁人聽不見他們具體在說什麼，只見波利斯下巴越張越大，過了一會，瑟爾似乎說完了，波利斯的下巴卻合不攏了。

波利斯看著自己許久不見的好友，「剛認識你的時候，奧利維說你天真如小綿羊，要不是本身實力夠強，不然走出外面一步就會被人吃了。後來你沒那麼蠢了，但是脾氣倔，依舊幹了不少傻事，就連你前陣子在洛克城幹的那件事，也只能說是有勇無謀。」說到這裡，波利斯上下打量瑟爾，「你是不是被調包了！不然那個又傻又笨又死腦筋的瑟爾，怎麼會想出這種主意！」

瑟爾：「……」

原來他在多年老友心中，竟然是這種形象——是個除了打架之外，一無是處的莽夫？

「我不是沒有腦子，是不願意去費這些心思。畢竟，在我考慮到這些蠅營狗苟之前，總會有人幫我處理好。」瑟爾還是決定為自己的智商辯解一番。

波利斯一想也是，「以前有奧利維寵著，你的確不需要動腦子！」

聽見奧利維這個名字，瑟爾又是神色一黯。波利斯只以為是自己又提起了故友，讓瑟爾難過了，連忙說：「好好好，我這就去辦，你再和我說詳細一點。」

然而，波利斯不知道的是，瑟爾難過不僅僅是因為奧利維，還為了一個和奧利維同脈同宗，行事卻讓他又愛又恨的人。

瑟爾被波利斯拉走了，只剩下被精靈們五花大綁的人魚望眼欲穿地盯著瑟爾的背影。

黑人魚（瑟爾都說這個怪物是人魚了，精靈們也只能捏著鼻子認了）看見瑟爾走遠，頹然地趴在地上嚎啕大哭起來。精靈們見狀，面面相覷。

「他這樣看起來，似乎智商不高，我們能問出失蹤者的下落嗎？」

「先帶回去再說。」

這一邊，瑟爾剛在惡魔深淵捕捉到一隻來歷不明的人魚；另一邊，剛擊退了聯軍另一波攻勢的艾斯特斯等人，卻為瑟爾焦急不已。

「這幫……這幫卑鄙小人，無恥！」

艾斯特斯左罵右罵，也只能擠出這麼幾句，不僅不洩恨，反而把自己的臉都憋紅了。

阿奇深知人類和其他種族的劣根性，此時看到精靈王儲連罵人都罵不好，不免深深為這個種族感到擔憂。這麼正人君子，怎麼和光明神殿那幫老神棍對抗呢？畢竟，人家這次連戰書都發了啊。

「他們還將『魔癮』擴散一事，全部推卸到伯西恩老師身上。」阿奇嘆了口氣說，「現在老師不在人世了，也不能出來為自己澄清。」

艾斯特斯哼了一聲：「他死無對證，是好是壞自然任由別人去說了。」

伯西恩身死的消息，精靈樹海這邊還是從光明神殿那邊聽到的。不過他們聽到的說法是伯西恩和薩蘭迪爾同流合汙，不僅私下和惡魔串通，還重創了想要救世的都伊聖騎士，破壞了偉大都伊的神臨計畫，致使世間惡魔流竄，都伊卻無法插手相助。

這個消息傳出去，不管真相究竟為何，敵人和精靈樹海這邊的人至少都明白了一件事：伯西恩是站在薩蘭迪爾那邊的！再加上阿奇為伯西恩作證，列舉了自他前往聖城之後，伯西恩的每一個計畫，包括間接救了阿奇一命，讓阿奇趁機出逃，前往精靈樹海通風報信，還有救下艾迪等事蹟。

一系列一一列舉下來，伯西恩瞬間從一個背信棄義的小人，變成一個忍辱負重的英雄。

不過，這個遲遲沒能為自己洗清名譽的英雄已經死了，艾斯特斯他們和光明神殿一樣弄不清楚一件事。

伯西恩把命都賠進去了，他是圖什麼呢？

今天艾斯特斯又一次表示了這個疑慮，其實是對伯西恩還存有懷疑。

布利安和維多利安對視一眼。兩人活至中年，人情練達的老傢伙其實早已有所明悟，只是不說出來罷了。可是他們不說，不代表其他看破真相的人不說破。

「還能為什麼。」阿奇直白道，「當然是因為老師喜歡薩蘭迪爾啊。噯，祖父，您打我做什麼！」

貝利大法師怒其不爭，「什麼時候了，你還有心思開這種玩笑。」

「我不是開玩笑，是真的嘛。哎喲！」阿奇的額頭又被法杖敲了一下。

貝利大法師不再去管自己這個扶不起的孫子，而是問：「現在伯西恩死無對證，這些事都已經不重要了。重要的是，我們該如何應對聖城潑過來的這一盆髒水。」

布利安同情地看了一眼說出真話還被揍的阿奇，開口：「雷德他們已經出去找瑟爾了，我們與其在這裡胡思亂想，還不如與瑟爾會面後再做打算。我想，瑟爾應該有辦法。」

其實，布利安也想到了一個對策，只是他不確定這個對策是不是瑟爾中意的。畢竟這個計策一旦實施，帶來的影響可不小。

想到自己崇敬的兄長被如此誣衊，艾斯特斯氣哼哼，「這些虛偽的人類。」

「我、艾迪，還有哈尼都是人類。好啦，不要以偏概全。」阿奇上前拉著艾斯特斯的手臂，「不如我們現在想想他們飛到哪裡了，找到薩蘭迪爾沒有？」

然而，身負重任的紅龍雷德、哈尼還有艾迪一行人，此時正迷路中。

他們飛過大裂谷時沒有見到瑟爾的蹤影，尋思了片刻就向北去——畢竟誰會想到瑟爾會往東走，去了惡魔深淵呢？不過即便找錯了方向，一直向北的話，他們也有可能遇見波利斯派出來探尋消息的天馬騎士。

可是這三個年輕人迷路了，不是迷路在深山野林，而是迷路在城鎮裡。

因為「魔癮」的緣故，大陸上的城鎮格局發生了翻天覆地的變化。以前是一座城市的地方，現在化為焦土；曾經是荒蕪之地，因為難民和冒險者的聚集倒是興盛起來。山川傾覆，時遷事移，他們迷路的這個莫斯小鎮，在原本的地圖上連個名字都沒有。

三人茫然地站在小鎮入口，聽見人來人往的冒險者興致沖沖地高喊：「抓住薩蘭迪爾，光明神殿賞金一百萬，好一頭肥羊啊！」

光與暗之詩

DEAR MY THRANDUIL

CHAPTER
FIFTY TWO

宣戰

光明神殿祭出一百萬枚金幣，懸賞薩蘭迪爾。

在有史以來最高的懸賞金面前，真相是什麼已經不重要了。如果在這之前，鑑於薩蘭迪爾一直以來建立的名聲，還有人會懷疑光明神殿敕令的真假的話，那麼在懸賞出來之後，至少在冒險者之中，人們都不再關心事情的真相了。

至少光明神殿能拿出一百萬枚金幣來誣衊薩蘭迪爾，而薩蘭迪爾能拿出多少金子來為自己自證清白呢？

對於刀口舔血的冒險者而言，利益驅動一切；而對於貴族和官僚階級而言，人多勢眾的光明神殿，比起只有精靈族作為靠山的薩蘭迪爾，孰輕孰重已經不言而喻。

就在光明神殿以為自己這一招已經是釜底抽薪，將薩蘭迪爾逼到了絕路之時，他們萬萬沒有想到的是，瑟爾還有一招更狠的能回敬他們。

雷德他們在莫斯小鎮待了三天，這三天來，要不是有哈尼和艾迪攔著，雷德早就衝出去將所有的懸賞單，還有誣衊瑟爾名聲的人都摧毀、痛毆了一番。

紅龍少年氣得臉紅脖子粗。

「光明神殿用卑鄙的手段分裂我們龍島，害我同胞的性命，現在又誣衊薩蘭迪爾，可惡！早知道當年在伊蘭布林，我就應該不管不顧地把那老頭子咬成碎片！」

雷德的喉嚨裡幾乎要噴出火星來。

「冷靜，冷靜！」哈尼拉著他的一隻手臂，被人形巨龍拖著在地上走了一圈。

「我怎麼冷靜！回到聖城我才知道，和我一起離開龍島的兩個同胞早已經成了都伊的祭品。後來都伊聖騎士又唆使迪雷爾拿其他族人作為活祭品！」雷德咬牙切齒，瞳孔裡布滿血絲，「我要把他們咬成碎片，我要把他們生吞活剝！」

眼看再這樣下去，雷德就要不受控制地變回巨龍，哈尼一邊從後面用雙手牢牢抱住他，一邊大喊：「我們肯定會報仇的，但現在，我們這幾個人去就是去送死。不過等找到薩蘭迪爾殿下之後，他一定會有辦法的！雷德，我們先去找人。」

「的確，以我們現在的力量，無異於螳臂擋車。」艾迪也說：「在我離開神殿之前，大人……光明聖者他已經在十處教區布下了私兵，只要聖城一聲令下，這些私兵隨時都可以配合當地勢力起兵掌權，接管當地貴族的統治。」

哈尼錯愕地看著他，「已經到了這個地步嗎？那些貴族們難道就不反抗？」

「有心反抗的早就被殺了。」艾迪苦笑，「剩下的都是與光明神殿同流合汙之人。你們不知道我在神殿最後那半年……做最多的就是刺殺任務。」前聖騎士痛苦道，「他們這麼做，完全玷汙了我原想追隨一生的信仰！」

比起還在惋惜信仰的艾迪，哈尼畢竟是在貴族世家長大的前繼承人，他從這些消息中明白光明神殿的所圖絕對不小。

「那除了這十個教區，其他教區也被光明神殿滲透了嗎？他們與當地貴族合謀，究竟想做什麼？」

「伊馮隊長曾說，只有統一的國度，才是真正能繼承都伊榮耀的國度。」艾迪嘆息，「他們或許是想建立一個統一王朝吧。」

荒謬！神權與世俗向來分立而治，如何君臨天下，建立一個統一王朝？

哈尼剛想這麼說，旅館外的街上傳來一陣喧嘩，吸引了幾人的注意力。

人們大呼小叫，似乎看到了什麼不得了的事物。

「天啊！看那裡。」

哈尼幾人對視一眼，立刻走到窗前，在他們推開窗戶的那一刻，也被驚呆了。

只見原本因「魔瘾」而透著淡淡黑氣的天空，突然被神祕的白色光芒穿透。白芒驅散了黑霧的同時，一道宛若山川高大的巨大人影也浮現在眾人眼中。

那是一個容貌俊美，神情嚴峻的精靈。他銀髮銀眸的外貌，象徵著他在這個世上獨一無二的地位。

須臾，半空中的巨大投影緩緩啟唇，眾人聽見一道振聾發聵之音從頭頂傳來。

「光明神都伊與惡神串通，陷我於不義，又策劃陰詭計謀，欲謀害以利。其身為長子，目無創父，違逆不孝；身為神祇，枉顧人命，瀆職敗德。我，薩蘭迪爾・以利・安維亞，在此以眾神之神以利之名諱，向都伊及光明神殿宣戰。都伊與光明神殿一日不滅，戰火將一日不休！」

哈尼拉著雷德的手僵硬地放開。

「我、我沒聽錯吧，這是……」

「神戰！」雷德一掃憤懣，哈哈大笑，「他果然有膽量、有本事，竟然敢代表以利向都伊宣戰！這下我看光明神殿的那幫人怎麼躲！」

比起看熱鬧不嫌事大的雷德，哈尼和艾迪兩人更明白事情的嚴重性。

上一次神戰為都伊與惡神之戰，已在一千年前，可它造成的影響至今還未消退。沉默的遠古大陸無影無蹤，以利創世時的十大種族被滅去其六，只剩下精靈、矮人、獸人和人類（高地人屬於人類分支）。

好不容易修生養息了一千年，大陸剛恢復生機，竟然又要展開神戰，而這一次還是以利與都伊之戰！

瑟爾投影所說的話，在大陸上每一個有湖泊、溪流、水面之地都重複了一遍。不到半日，神戰的消息已經傳遍大陸，無人不知無人不曉，再也沒有人敢去垂涎光明神殿那一百萬枚懸賞金幣。

廢話，涉及神戰之爭，誰會嫌自己命短！

「咳咳。」

結束投影後，瑟爾幾乎虛脫，退到一旁。

羅妮則是快步跑上前去，抱住昏迷過去的母親。

「……薩蘭迪爾閣下。」紫羅蘭長髮的少女看著懷中昏迷不醒的母親，眼神十分複雜，「這一次，我和我母親欠您的，都已經還清了吧？」

他費了不少功夫找到羅妮，又好不容易說服她們母女兩人，才辦成了此事。瑟爾想起不久之前自己與水神的交易，點了點頭。

「沃特蘭已經恢復了妳母親祭司的神職，她身體恢復後，可以活到壽終正寢。而這次我欠妳一個人情，如果妳有什麼要求，都可以跟我說。」

「我沒有要求。」少女淡淡道，「現在世道淪亡，朝生夕死。相比起來，我以前追求的那些富貴權勢實在可笑。」

她本來是一個為了家族而生的少女，她有抱負、有毅力，卻因為陰錯陽差和過於偏執，才陷入如今這一無所有的局面。

瑟爾靜靜看了她一會。

「妳還在與傭兵隆恩他們結伴，遊歷大陸？」

羅妮搖頭，「隆恩要去南方，我不想去，就留下來了。」

那群生性自由豪放的傭兵，以隆恩為首，喜歡四處闖蕩遊歷，今朝有酒今朝醉的生活卻不適合羅妮的性格。瑟爾料到，他們分道揚鑣是遲早的事。

此時，再見到這個少女，瑟爾發現她眼中已經褪去了昔日的執狂，變得堅毅沉穩許多。然而仔細看，沉澱在她那曾熊熊燃燒的雙眼之中，還有未曾熄滅的餘燼。

羅妮．利西貝坦，終究不是一個甘於平凡的人。

瑟爾不由得開口：「如果我給妳一個比利西貝坦家族更大的舞臺，妳還願意去試試嗎？」

正準備扶母親離開的羅妮回頭看他，眼睛亮起一瞬，又迅速寂滅。

「神戰？我還是有自知之明的。」

「不是神戰。」瑟爾說，「是沒有刀光劍影，卻遍地烽火喧囂；沒有金戈交鳴，卻處處驚心動魄的舞臺。這一去，如果妳失敗了，不過是無數具無名白骨中的一具。如果妳成功了，從今以後世人無人不曉妳名，後人無人不敬妳恩。妳願不願意？」

†††

羅妮離開了。

在她離開之前，帶走了瑟爾的一個承諾。瑟爾看著少女離開的背影，突然發現羅妮其實和誰都不像。她不具備哈尼的純善，也不具備南妮的忠信，這個少女身上最大的特點，就是她從不被磨滅的傲氣。

她就是她自己。

「你騙人的功力是越來越好了。」波利斯從他後面走出來，問，「現在戰也宣了，人也籠絡了，接下來我們要去哪裡？」

瑟爾轉身看他，銀眸熠熠生輝。

「去梵恩城。」

奧利維身死之地，伯西恩初見之地。

光與暗之詩

DEAR MY THRANDUIL

CHAPTER FIFTY THREE

重回梵恩

聖城伊蘭布林。

孩子們紛紛被自己的父母嚴令留在屋內，不能無憂無慮地在屋外玩耍。往來城內外的路人腳步匆匆，眉目間露出幾分隱憂之色。和幾日前的悠閒相比，伊蘭布林城內的氣氛已經變了。無論是住民還是遊客，臉上皆帶有一層隱隱的焦灼，時不時還能見到有人聚集在暗處竊竊私語，見到巡邏隊走過來，又鳥作獸散。

聖騎士們照例巡邏城內的時候，自然發現了這些異樣，在這個特殊時期，任何情況都不能輕視，巡邏的聖騎士正準備將城內的情況向上級彙報。然而，卻得到了這樣的回覆。

「伊馮大人不在？」

年輕的聖騎士一愣，手臂被身旁的同僚輕輕撞了一下。

「你忘了今天是什麼日子？」旁邊有人小聲提醒，「伊馮大人每個月的這一天都要墓地去祭拜。」

「……我忘了，」詢問的聖騎士怔然，「竟然又已經一個月了嗎？」

伊馮每個月都要去墓地祭拜，這在聖騎士中不是一個祕密了，而他去祭掃懷念的對象，聖騎士們也認識。

那是伊馮的弟弟，曾經也是一名聖騎士候補，卻在去年狂歡節，伊馮隨薩蘭迪爾離開聖城後不久，選擇了自盡。對於聖騎士而言，不將性命交付予戰場，而是選擇自殺，無疑是懦夫行徑。然而即便如此，伊馮的弟弟依舊選擇了這麼做。

他正是綻放的年齡，卻已枯萎了。

因為沒有完成聖騎士的訓練，也因為是自盡，這個年輕人不被允許葬到聖騎士的烈士陵墓裡，伊馮在郊外一個偏僻的墓地裡，埋葬了他的骨殖。

伊馮的手從落了灰的墓碑上輕輕掃過，抖落一些塵土，又彷彿看見了這個年輕人還在世的時候，洋溢著活力與驕傲的笑臉。

有人從他身後走來，伊馮沒有回頭，卻開口道：「您說，如果那位大人知道了蘭奇的死，還會固執地認為是我們錯了嗎？」

他沒有明說是誰，來者卻已經輕輕嘆了口氣。

「如果你還介意他，下次再有與他衝突的任務，我就派別人去。」

「別人？不，其他人都不會是他的對手，也不夠了解他。」伊馮站起身來，看向聖者輕輕搖首，「請派我去吧。即使已經反目成仇，對待值得尊敬的敵人，至少也要表現出我們的敬意。況且，他已經下了戰書。」

光明聖者沒有再說什麼，而是和伊馮一齊看向墓碑。

「走吧。」老人說，「帝國的使者就快要到了。」

「是。」

兩人一前一後走遠，只留下那墳墓孤立原地。

墓碑簡陋，簡單寫著死者的生平，最後近乎掩人耳目地刻著一句話。

『蘭奇，死於「魔力缺失」。』

†††

阿奇沒想到自己還有重回梵恩城的一天，而且還是在祖父的帶領下，光明正大地回到這座法師之城，而不是像前幾次一樣，總是灰溜溜地離開。

「好久沒用學院專用的傳送陣了。」阿奇感嘆，「果然又快又穩，一點都不頭暈。以前偷偷離開的幾次……」

「你還好意思說。」他祖父瞪他一眼。

「貝利！」傳送法陣外，等待他們的朋友迎了上來，「還好你回來了！你不知道這幾日，學院裡亂成了什麼樣子。」

「我怎麼會不知道。」貝利大法師暫時放棄教訓孫子，回道，「無非就是派系相爭。現在城內情況如何？」

前來迎接他們的老法師說：「薩蘭迪爾向聖城宣戰的消息已經鬧得沸沸揚揚，現在議會裡大概分為三個派系，一派堅持不能參與神戰，另一個派系想要審時度勢再擇機抉擇，還有就是……」說到這裡，對方小心翼翼地看了貝利大法師一眼，「還有就是之前和利維坦有盟約的那幫人，除了你，全部都選擇支援聖城。」

老貝利冷笑一聲，「那他們要知道，自己狠狠得罪了薩蘭迪爾。」

這位老友嘆息一聲，道：「是啊，他們也是別無選擇。不過說來奇怪，貝利，那時候你也是支持與利維坦結成聯盟的，怎麼現在？」

貝利大法師不著痕跡地看了自己孫子一眼。阿奇立刻笑嘻嘻道：「祖父是棄暗投明，做出了英明的決定。」

老貝利用法杖敲了他一棍，「回學院去！」

「是，是！」只不過臨走前，阿奇不忘囑咐自己祖父，「您可別忘記我們的任務啊！」

他們這次回梵恩城，可是來替薩蘭迪爾拉攏盟軍的。

眼看貝利大法師又有揍人的趨勢，阿奇連忙溜走，可他這一回學校，就如同風雲人物。

「你這小子竟然沒死！」

「這陣子你去哪裡了？」

「伯西恩老師也不見了，難道你們又一起去執行祕密任務了？」

面對許久未見而過於熱情的同學們，阿奇一開始還能應對，可後面有人提起了伯西恩，他臉色黯了下來。

有人連忙戳了戳那個說錯話的法師學徒，使了個眼色。

伯西恩老師出了什麼事，聖城的敕令一出來，誰還不知道？梵恩城內的法師們雖然不盡數相信聖城的說辭，但是看阿奇現在的這個反應，絕對是出事了。

「哎呀，我好像有些頭痛！對不起，大家，我先回去休息啦。」阿奇找了個藉口，匆匆擺脫眾人，連忙向宿舍走去。

只是走在路上，他還不免唉聲嘆氣。他和伯西恩說不上親厚，在此之前，阿奇甚至並不喜歡伯西恩，然而在外朝夕相處幾個月下來，多少還是有了一些感情。阿奇回想起那一日自己得到薩蘭迪爾的消息，興沖沖地跑進教室，然後就被伯西恩抓住罰站，當時覺得尷尬無比的事，現在想來卻覺得心酸。那時候，伯西恩老師他——

「——知道自己會喜歡上薩蘭迪爾，不顧一切嗎？」

阿奇不知不覺就將心裡話說了出來。

「誰喜歡我？」

「嚇！」阿奇渾身一顫，隨即看向一旁。

原來他不知何時又走到了占星塔附近的薔薇花園，一個人影正站在花牆之下。

一年過去，薔薇綻放如昔，那個人影從牆角走了出來。就像初遇那時一樣，銀髮的精靈掩人耳目，潛入梵恩學院，走到了阿奇面前。

「薩蘭迪爾！」阿奇先是驚呼，隨後摀住自己的嘴巴，緊張地看著四周。

「你怎麼過來了？」他小聲道。

瑟爾好笑地看著他，「我又不是通緝犯，為什麼不能在這裡？」

「可是……學院裡也有聖城派系的人，要是被他們發現了……」阿奇擔心地說，「而且樹海一直在等你消息，你也該先回去一趟，讓他們安心啊。艾迪和哈尼他們為了找你，都出去半個月了。」

瑟爾一愣，隨即有些愧意地道：「抱歉，是我疏忽了。之後我會連繫他們，只是現在，我需要在梵恩城找人。」

「找誰？」阿奇不由得望向不遠處占星塔的方向，「預言系的法師除了『預言師奧利維』和伯西恩老師，就沒有別人了。」

瑟爾也望向占星塔的方向，銀眸微閃，似乎在回憶著什麼。

「……現在，已經不用找預言法師了。」他轉口問，「阿奇，你們學院裡研究神學與法術最資深的法師是哪一位？能介紹給我認識嗎？」

「神、神學？這門課一向很冷門，你要找這方面專業的老師……等等，讓我想一想。」阿奇皺眉苦思著，「不過，你要問這個做什麼？這和以利與都伊之間的神戰有關嗎？」

誰知瑟爾看了他一眼，竟然說：「誰跟你說以利要參加神戰的？」

阿奇睜大眼睛，「你那天明明說——」

他隨即想了想，瑟爾只說是以以利的名諱向光明神殿宣戰，並沒有提及以利自身會參加神戰。想來也是，素來不干涉大陸任何事物的眾神之神，怎麼可能會參與這種糾紛。

「難道是你自己擅作主張！以利不知情？」

「我想祂是知道的，還生了氣。」瑟爾說著，指了指自己的額頭，那裡有塊猶如烙鐵烙印在皮膚上的紅印若隱若現。

阿奇看著就覺得痛。不過，他更佩服瑟爾的膽量，對以利都敢先斬後奏，這天下也沒有別人了。不過隨即，他又苦惱，以利不參戰的話，面對僅次於以利的光明神，他們哪有勝算。

瑟爾見狀，安慰他：「放心，即便以利不參加，不意味著我們這邊沒神明支援。」比如說發現自己被都伊耍了後，和瑟爾化敵為友的水神沃特蘭，「而且我現在不是來找勝算了嗎？」

「你是說教授神學的老師？」

雖然想不通瑟爾為何會如此看重一位冷門學科的授課老師，不過阿奇絞盡腦汁之後，還是想起了那位法師的名字，「弗蘭斯老師是教神學課的！」

「帶我去找他。」瑟爾立刻說。

「嗯，這個嘛……」阿奇卻猶豫起來，支支吾吾的，顯然有什麼隱情。

瑟爾挑眉，「有話直說。」

阿奇為難了一會，索性豁出去般大聲道：「弗蘭斯老師是教神學課的沒錯，不過，他也是伯西恩老師的授業恩師和養父！我想現在他應該不想見你！」

瑟爾的手指微微輕顫了一下。

伯西恩的養父？

光與暗之詩

DEAR MY THRANDUIL

CHAPTER FIFTY FOUR

故事

老舊的小閣樓內，用法術點燃的魔法燈焰散發出幽幽冷光，在照亮閣樓的同時，也不會有引燃周圍堆如山高的書籍的危險。

一頂尖尖的法師帽在書山書海中露出了一個尖角，不一會縮了回去，不一會又冒了出來，帽子的主人似乎在上上下下地翻找著什麼，然而還沒等他找到東西，門卻被人敲響了。

「弗蘭斯老師，你在嗎？」

被埋在書海中的法師帽尖角頓了一下，隨即開始升高、升高，直到從書海中露出一張擠滿皺紋的臉龐。

弗蘭斯法師在手中的書和門外的敲門聲之間猶豫了一會，半晌，實在受不了敲門人那鍥而不捨的聒噪詢問，起身去開了門。

「是你？」

弗蘭斯法師認得阿奇，還沒等他問法師學徒來這裡做什麼，跟在阿奇身後的蒙面人已經一把拉下了兜帽。

「你好。」

瑟爾打著招呼，還沒等阿奇大驚小怪叫起來，弗蘭斯法師只淡淡看了瑟爾一眼，目光在瑟爾的尖耳和髮色、眸色上匆匆掃過。

「是你啊。」

他似乎認出來了，然而興趣不大，丟下一句「有事進來說」，就又匆匆跑回閣樓，似乎屋內有什麼事物時時抓著他的心神。

「就、就這樣？」

沒見到預想中發火大怒的場面，阿奇有些意外。而在他身旁，瑟爾長腿一邁，已經進了屋。

兩個外來者一進閣樓，看見的就是從地板堆到天花板，層層疊疊的書籍。而閣樓的主人還在忙著翻查資料，似乎不打算理會這兩個不速之客。

阿奇小聲嘀咕：「老書蟲名不虛傳，這麼看來，伯西恩老師的古怪脾氣，有一半都是被言傳身教出來的吧。」

瑟爾卻很欣喜，他就是想找一位醉心於鑽研神學知識的人為他解惑，眼下只見弗蘭斯法師名不虛傳。

對於有學問的人，瑟爾向來是打從心底尊敬的，因此也改了稱呼。

「聽說，您在神學一門的研究造詣頗深。」他話語未盡，就是在等弗蘭斯法師接話。

弗蘭斯法師勉強抬頭看了他一眼，卻沒有回答他的問題，而是說：「聽說你見到了伯西恩最後一面，他是什麼表情？」

瑟爾原本還顯得從容的神色微微一滯，唇角拉平，眉間微微蹙起。

過了許久，阿奇聽見他說。

「他在笑。」

「是嗎？」弗蘭斯法師微微一嘆，「那麼，想必他對自己做的決定是滿意的。那小子小時候就想要成為大陸上最年輕的大法師，眼看他離實現自己的夙願只有一步之遙，卻親手放棄了，看來他是找到了更想追求的東西。」老法師的目光投在瑟爾身上，「我知道你想問我什麼，我也可以答應為你解惑。前提是，你願意聽我講一個故事。」

瑟爾能料到他想說什麼故事。從那天以來，他就一直迴避與人談起伯西恩，可眼前，似乎再也迴避不了了。

果然，只聽見弗蘭斯法師任性地說：「不想聽這個故事就走吧，我也沒什麼好和你說的了。」

「不。」瑟爾開口，「請您說吧。」

弗蘭斯法師想說的，只是一個很常見的故事。

一個被父母拋棄，被家族放棄，再自我奮起，像所有勵志小說那樣的故事。

伯西恩十歲的時候拜入弗蘭斯門下。那時，奧利維家族的現任家主剛得到一個有預言系天賦的小兒子，伯西恩在家族中再無立足之地，無論是父親還是母親那邊，都不打算照顧這個沒有了籌碼價值的孩子。不過，伯西恩好歹還有不錯的法術天賦，就被送到了梵恩城，拜入同樣在梵恩城備受冷落的弗蘭斯法師門下。

弗蘭斯見他可憐，便收他做養子，當做自己的親生孩子一樣教養。

伯西恩早熟聰慧，也願意努力，不出幾年就顯露出比同齡人更強的法師天賦。照這樣下去，即便伯西恩無法回歸家族，遲早也能靠自己闖出一片立足之地。

然而一日，十六歲的伯西恩卻來找弗蘭斯，問：「如果我想進入法師議會，憑現在的實力和努力是否有機會？」

弗蘭斯法師誠實地回答：「沒有。」

有天賦的年輕法師那麼多，能進入法師議會的卻寥寥無幾。畢竟，只要有社交的地方，就有人看重家族和背景。

伯西恩沉默了一會，似乎也早有預料，並不失望。他黑色的眸子閃了閃，這次看向弗蘭斯法師，又問：

「如果我為了力量和權勢，做了違心的事，您會失望嗎？」

弗蘭斯法師問他：「是要你去殺害無辜？」

伯西恩搖了搖頭。

「是要你顛倒是非，去翻覆王朝？」

「不是。」

「那你違背了哪門子良心？」

「違背了世人的倫理道德。還有，雖然我不會做大奸大惡的事，但可能要眼睜睜看著別人那麼做，還得無動於衷。」

「你不去的話，那些人就不做壞事了？」弗蘭斯問，「還是你看不慣他們做壞事，有能力與他們分庭抗禮？」

伯西恩搖了搖頭，「沒有。」想了想又說，「現在還沒有。」

弗蘭斯就說，那你就去吧。只有獲得了足夠的力量，才能以自己的善惡標準要求別人。

只是就連弗蘭斯也沒有想到，伯西恩之後做出的會是食先人骨肉，以及加入黑袍協會這樣的大事。在伯西恩獲得了預言系的能力後，他就很少來找弗蘭斯了。

隨著他實力一天一天增長，圍聚在他身邊的人越來越多，這位年輕有為的黑袍法師似乎徹底忘記了自己的恩師以及養父。

「伯西恩是個目的性很強的人。當他決定要做一件事，沒有任何人能阻撓他。」弗蘭斯說，「我知道多年以來，奧利維家族一直是橫亙在他心頭的一根刺，他想要報復他們。我也知道因為年幼時被拋棄的經歷，他想要出人頭地、獲得權勢和地位的野心，遠比一般人更強烈。就在今年，我聽說他進入了法師議會，原本以為他終於一步步實現了自己的夙願，沒想到——」

弗蘭斯法師將目光投向瑟爾。

「光明神殿的傳言我不管。我只問你，伯西恩真的是為你而死嗎？」

瑟爾喉嚨乾渴，許久，輕輕吐出一句。

「是。」

「是嗎？」弗蘭斯法師嘆息說，「可是人一死，那些野心和權勢全都化作泡影。他費盡心思，花了將近三十年為自己鋪墊好的前程，全都半途而廢了啊。」

老法師看向瑟爾，突兀地說了一句話，讓一直在一旁聽故事的阿奇心臟都差點停止。

「那他一定很愛你。」

瑟爾銀色的瞳孔劇烈地抽縮了幾下，猶如暗潮急湧的水面，層層蕩開。

然而出乎意料的，他沒有反駁。

「我不知道。」

他愛精靈王，愛一起冒險的同伴，愛血脈相連的同胞，甚至會分出一些愛給那些遭受苦難的人類和異族。然而，他卻不明白，在沒有天然的血緣相連，沒有朝夕相處培養出友情，沒有強者對弱者的同情的前提下，去愛一個人是什麼感覺。

那是什麼樣的力量，讓原本是一個十足野心家的伯西恩，願意放棄千辛萬苦謀劃得來的一切，付出自己的性命？

阿奇不由得陷入深思。我也會有像伯西恩老師那樣去愛一個人的一天嗎？

「故事講完了。」

弗蘭斯法師不顧眼前陷入沉思的一人一精靈，轉眼就換了話題。

「作為你聽完故事的報酬，我會回答所有我知道答案的問題。」

畢竟還有急事，瑟爾也費神將思緒抽回來，只是還是忍不住分神去想伯西恩。這樣一來，他原本問題的順序就被打亂了。

「都伊的神臨真的失敗了嗎？」

瑟爾聽見自己不自覺問出口的問題，不由得苦笑。在沒問其他問題的前提下，這個提問顯得突兀又沒有邏輯。

一個遠在梵恩城的法師，又怎麼會知曉當日神臨的具體情況呢？

弗蘭斯法師看了他一眼。

「在回答你這個問題之前，我想你應該想先弄清楚——神是什麼？」

說話間，弗蘭斯法師走到自己被書堆埋起來的桌前，抽走幾本書，露出了壓在下面的棋盤。只見弗蘭斯法師隨手拿起一枚棋子，落在棋盤之上。

「神，是一顆落在名為『世界』的棋盤上的棋子。」

光與暗之詩

DEAR MY THRANDUIL

CHAPTER FIFTYFIVE

養分

月明星稀，晚風徐徐。

臨湖的一座氣勢巍峨的城堡內，燈火通明，主人正在舉辦一場宴會。與平日不同的是，今日這宴會上，沒有粉臂微露、香肩輕送的各位美人，全是衣冠筆挺，面相嚴肅的紳士們。

晚宴的氣氛因為少了香水美人的點綴，顯得有些嚴肅，似乎人人心裡都緊繃著一根弦。然後，隨著最後一位與會的客人抵達現場，這根橫在所有人心頭的弦都繃到了極致。

那是還穿著輕式盔甲的騎士，他身上還有未散的硝煙味，現場倒是沒有任何人置喙他著裝不得體，一雙雙眼睛齊齊望著他。

宴會的主人，帝國的雷恩特侯爵迎了上去。

「騎士長閣下。」

「侯爵大人。」伊馮對他輕輕頷首，算是致意，「今日我來晚了，還請見諒。」

侯爵大人連忙表示諒解，比起騎士長的大事，這等小小宴會只是小事。

「那一位大人呢?」伊馮似乎沒有心思與他說閒話，直接切入主題，「沒見到他的身影，是我來早了嗎?」

雷恩特侯爵的臉色變得尷尬起來，「王子殿下、殿下他自然也早就到了，只是有些疲倦，暫時在後面休息。等我去通報一聲……」

伊馮剛對付完魔化生物，手中的長劍還沾著血氣，聞言後淡淡說：「不，還是我直接去覲見殿下吧。」

說罷，不等侯爵勸阻，他就邁開長腿，朝宴會大廳後方的休息區走去。伊馮人高腿長，沒走幾步，就聽見了休息區內傳來的鶯歌燕語。

「殿下，您的手往哪裡摸呢？」

「討厭，就知道欺負人家。」

伴隨著女人們的嬌嗔和男人的低笑，淫詞豔語讓侯爵臉都青了。可他還來不及阻止伊馮，好為自家殿下留幾分薄面，伊馮已經大手一揮，拉開了簾幕。

只見昏暗角落裡，一張數人寬的絨皮沙發上，幾個穿著暴露的女人正在與一位年輕男子調笑打鬧。然而最吸引人眼球的，不是那些女人衣不蔽體、裸露在外的部分，而是中間那個有著一頭燦爛如旭日之色長髮的男人。

伊馮突然闖進來，這幾個人都吃了一驚。女人們尖叫著摀著身子，中間的男人先解下自己的外套披在她們身上，然後怒視伊馮，「誰允許你進來的！」

就因為他這一怒一望，才讓伊馮徹底看清了他的面容。只看那碧藍如洗的一雙眼眸，還有如畫描摹一般的俊美面容，在場這些女人中，沒有一個有他半分好看的。

伊馮看了一眼就低下頭，行了半跪禮。他壓下嘴角勾起的一絲弧度，開口恭聲道：「光明神殿聖騎士團騎士長伊馮，見過萊德維西殿下。」

萊德維西・比朗普，人類北方帝國的第二王位繼承人，有著「帝都花冠」之稱的俊美年輕人，被伊馮這一跪弄得猝不及防。他一時忘記了身邊的美人們，看著這個剛從戰場殺敵歸來，顯得格外英姿勃發的騎士，出神道：「你……你來找我做什麼？」

美人們盡皆退去，簾幕內的對話時斷時續地傳來。雷恩特侯爵見伊馮沒有因為王子殿下的輕浮言行而露出不滿，心裡悄悄鬆了口氣。

這回要是弄丟了這個好不容易談好的合作對象，那他們前幾日跑聖城的那幾趟可都白費心血了。

不過——

侯爵大人聽著簾幕內王子懵懂不解的提問，又聽著伊馮井井有條的回答，忽然搞不懂了。

光明神殿這麼一個龐然大物，為什麼會找上他們家殿下合作？要知道萊德維西王子除了那一張臉能看，文治武功一樣不通，最關鍵的是，他還是一個「魔力缺失」的廢人啊。

他在這裡想不通，伊馮卻對眼前的這個草包王子十分滿意。面對萊德維西並不配合的態度，伊馮只說道：「殿下就算不想繼承帝位，可曾想過有朝一日，第一王儲登基之後你該如何自處？可有想過到了那時，現在跟隨你的這些貴族們又會面臨怎樣的危局？即便這些你都不想，你就沒有想過要治好自己的『魔力缺失』之症，從此以後可以不用再頂著廢人的名號嗎？」

萊德維西聽到前兩句時，還只是蹙眉，聽到最後一句，立刻不敢置信地道：「難道你們光明神殿能治好我？」

伊馮看著這個上鉤的小羔羊，微微笑道：「都伊，無所不能。」

†††

棋盤上已經落滿了棋子，和一般棋面不同的是，這一局，黑子全在下，白子全在上，中間空著一個偌大的圓形空缺。

弗蘭斯法師指著棋盤說：「世間傳聞以利創世，先造了大陸，又創了樹海與深淵，最後才造就了與世隔絕的龍島。而大陸又因為一場神戰被切割為兩個部分，一部分是我們今日生活的這塊，另一部分隨著遠古生物一起沉沒，成為了深淵的一部分。」

瑟爾想起了在深淵附近抓到的黑面人魚，那條魚現在還被精靈們關著呢。如果說那傢伙就是遠古生物，那麼究竟是千年來不見天日，導致了畸形，還是被深淵的氣息影響，產生了變異？

不等他深思下去，弗蘭斯法師又擲地有聲，說出驚人之言。

「要我說，這全是表面東西！什麼大陸，什麼布局，都不過是外化的形象！以利創世，真正關鍵不是大陸的模樣，也不是龍島是方是圓，而是祂創造出了一種能量！也正是這種能量，催生了萬物成長！」

瑟爾心下一跳，隱約意識到這位老法師接下來要說什麼。

「可是這能量，卻不是普通的能量。一棵樹要從樹苗長至參天，需要多少陽光雨露？一個族群繁衍，又需要多少糧食衣布？大陸眾生延續至今數千年，消耗的能量該有多龐大！」

「可是——」阿奇忍不住反駁道，「能量也是可以循環的啊。大樹可以化作肥料，反哺大地，人類也可以生產勞作，創造出新事物。」

「你說的沒錯，但是能量轉換之間的消耗呢？」弗蘭斯看了他一眼，「一百個單位的自然能量，不可能轉化為一百個單位的法術能量。在這轉換的過程中，至少有一成的能量因為做功而消耗掉了。即便能量可以循環利用，數千年來，這個循環本身就已經消耗了人們難以想像的能量。而且你就沒有想過嗎？在這世界誕生之初，在一切尚不存在之際，是什麼提供了世界的本源，提供了誕生在這個世上的第一棵樹所需要的能量？」

阿奇被問倒了。

弗蘭斯法師本就不指望他能回答，正準備繼續講下去，卻聽見身旁有人道：「是神。」

「所以您的意思是，以利抽取了神明的力量，創造了這個世界？」瑟爾問，「那麼神明，甚至以利的力量，又是從何而來的？」

弗蘭斯有些驚訝地望了他一眼，隨即又搖了搖頭。

「那已經超出我的眼界範疇了。不過我可以回答你，猜得沒錯，我認為正是以利創世之初，利用各位神明當作養分，供養了這個世界，才會造成如今這個局面。無論是一千年前的神戰，還是現在光明神殿與你的糾紛，本質上都是一樣的。神也不想白白消亡，所以祂們會一次次反抗以利，以求得生存。當然，這些推測正確的前提，就是以利將神作為養分，哺育世界的猜想本身是正確的。」

瑟爾許久沒說話，過了好一會，其他兩人才聽見他的聲音。

「不用猜測了，沃特蘭、赫菲斯還有我的父親，都已經親身證實了這一點。所以現下都伊挑動惡魔現世，又想利用我神臨，都是為了解放祂自己？不過就算當天神臨成功了，祂又如何能擺脫以利的掌控？」

弗蘭斯搖了搖頭，「這些我也回答不了你。不過我可以回答你最初的一個問題，都伊當日的神臨或許沒有完全失敗。」

「什麼！」阿奇驚叫出聲。

「歷史上有過數次神臨，除了都伊之外，最近一次是白薔薇城的水神神臨。你們都是親歷者，應該還記得，當時水神是如何結束神臨的？是你們把祂趕走的嗎？」

「不，是祂見形勢不利，主動結束了神臨。」瑟爾說。

弗蘭斯點了點頭，「而且在那之後，水神神殿的力量一度衰弱。可見，神臨只能由神主動結束，而且結束神臨的神明會有一段虛弱期。可是都伊呢？光明神殿的力量近期並沒有衰弱之勢，相反，他們還愈加強勢了。」

瑟爾肅穆道：「您的猜測是？」

「有兩個可能，一個是光明神的力量遠強於水神，即使被迫結束神臨，也不會損及自己的神力，還有一個可能……」弗蘭斯法師嘆氣，「都伊的神臨根本沒有結束。即便伯西恩的肉體毀滅了，都伊的神識還是以某種方式存在於世間，並且，光明神殿正在積極地為他尋找下一個軀體。」

†††

「所以只要我去了聖城，光明聖者就有辦法治好我的『魔力缺失』之症？」萊德維西滿懷期望地問。

伊馮回答：「是的，到時候以殿下的名望，即便想與第一王儲一爭高下，也無不可。」

「我不在意那個！」萊德維西不耐煩地揮手，「那我能學習法術嗎？可以進梵恩學院讀書嗎？說不定還能學習預言系法術？」

不等伊馮開口，王子殿下已經為自己的腦補雀躍起來。

他說：「好，我這就跟你去聖城！嗯，這位伊什麼騎士，我們現在就能動身嗎？」

伊馮：「……可以。」

光與暗之詩
DEAR MY THRANDUIL
CHAPTER
FIFTY SIX
重逢

「吁——吁！」

艾迪控制著胯下躁動不安的馬兒，忍不住道：「雷德，控制一下你的氣息，馬都被你嚇壞了。」

雷德不耐地看了那軟綿綿的四腳動物一眼，稍微收斂了一下自己身上的龍息。

「騎這種慢吞吞的東西，十天半個月都趕不到伊蘭布林。」

哈尼笑著說：「你忍耐一下吧。現在不是在無人區，被一般人看到你的原型可不好。而且，我們要去的這個方向並不是伊蘭布林。」

自從半個星月之前，光明神殿和薩蘭迪爾分別透過各自的方式向對方宣戰後，外出尋找瑟爾的這一行人就知道，他們不能再按照一般的方式去找人了。可還沒等他們連繫上樹海、詢問下一步該怎麼做，東邊又傳來了一個新消息：有逃難過來的人口口聲聲說自己在深淵附近看到了南方聯盟的軍隊，南方那群野蠻人和惡魔做了交易，要趁機攻打過來了！

哈尼和艾迪對視一眼，下意識地認為這件事和瑟爾有關。

來自南方的軍隊，他們不就正好認識一支嗎？如果難民口中所指的，正是當初跟隨波利斯．巴特去救瑟爾的那一批天馬騎士，那是不是意味著瑟爾也正在東邊的深淵呢？

想到這點，兩人決定立即前往深淵一探究竟。因為這一路上多多少少還是有人煙的，他們便不能騎龍了。唯有雷德，不知道應該要為被嫌棄了而感到憤怒，還是要為終於不用載這兩個人類而鬆一口氣。他這一路上就這樣彆扭著，幾匹可憐的馬兒都快差點被他嚇出病了。

「要是我就直接衝進伊蘭布林！」雷德忿忿地說，「把罪魁禍首揪出來，咬斷他的腦袋，看他們光明神殿還能怎麼辦！」

遠在伊蘭布林的光明聖者遙遙打了一個噴嚏，前光明神聖騎士艾迪也思緒複雜。

哈尼對雷德說：「那可不行。現在我們都知道罪魁禍首其實是都伊了，即便是薩蘭迪爾大人，也不可能和光明神正面抗衡。」

雷德吹鬍子瞪眼，「那就只能眼睜睜看著？」

「當然不是。」哈尼說，「只是比起和都伊正面對抗，想辦法瓦解光明神殿的勢力，讓都伊失去光明教會這龐然大物的助力，之後失去了代言人的都伊獨木難支，既不能再次神臨，也不能冒著被以利懲罰的風險，以真身降世，這才是一個可行的辦法。大人之前用投影向光明神殿宣戰，恐怕就是這麼想的。」

雷德心心念念著為族人報仇，懲罰背叛者，雖然不甘心使用這麼拖沓的辦法，但苦於自己沒有別的好手段，也只能捏著鼻子認了。不過，他也想到了另一個問題。

「現在光明神殿誣陷薩蘭迪爾和惡神有勾結，精靈樹海又剛和聯軍打了一場，元氣還未恢復，他要去哪裡找到能和光明神殿相抗衡的勢力？」

還沒等哈尼再次為他解惑，騎馬在前方開路的艾迪低喊一聲：「到了！」

他所乘坐的馬兒不安地踏著前蹄，幾次欲把艾迪從馬背上摔下來。然而這一次，馬兒受驚卻不是因為雷德的緣故。

「前面已經很靠近惡魔深淵了，馬匹過不去，我們徒步吧。」

三人放了馬兒，徒步走進森林。一踏進林子裡，他們就察覺到深淵之地和別處的不同。

如今大陸雖然受「魔癮」所苦，但是一般來說「魔癮」只會影響動物，並不會影響人類，所以他們之前走過的地方，植被還是正常的。但這片林子裡卻處處充斥著被魔化後的植物，有些植物已經異變得完全認不出原形，甚至進化出了捕獵能力。

哈尼一路上就看到不少植物腳下的土地上，堆積著累累白骨，還有被迷暈在花冠之下的各類小型動物。

艾迪蹙眉，「它們應該還沒有進化出主動攻擊人類的功能吧？」

「應該不會，這附近並沒有大型動物的屍骸。」哈尼剛說完這麼一句話，下一瞬間就被打臉了。

一道肉眼無法捕捉的黑影從密林裡躍出來，猶如一道離弦之箭，直接射向哈尼。這黑影速度之快，連走在前方的艾迪都猝不及防，無法回援，只有雷德反應過來，喉嚨裡發出一聲不似人聲的低吼。

「吼吼吼！」

那黑影瞬間被龍壓震得落在地上、不能動彈，卻還不甘心地想要跳起來，去抓哈尼當成人質。艾迪目瞪口呆地看向這個還在地上掙扎的不明物體，又看向哈尼，確認自己不是老眼昏花。

這個在地上拍著尾巴，除了牙齒和眼白，全身上下都黑漆漆的傢伙，下半身長著一條和人腿一樣長的魚尾巴。

「這是……魚？」

就在此時，密林另一邊傳來其他人的聲音。

「他往那邊跑了！」

「快追，薩蘭迪爾殿下回來還要訊問這條醜魚呢。」

艾迪三人聞言，齊齊看向在地上掙扎的黑魚，紛紛覺得「醜魚」這兩個字形容得真是再合適不過了。

人魚雖然聽不懂他們的話，不過也能分辨出別人對自己的觀感。此時，他就感到特別委屈。待在這裡的這幾天不僅沒見到美人，還老是被人嫌棄！要知道在老家，他也是遠近聞名的美人，和那天驚鴻一瞥的銀髮美人可是同一個等級的！

想到這裡，他也顧不上快被人抓住了，在那裡掰著自己尾巴上的鱗片，就開始嘰哩呱啦地痛訴這一群人有眼無珠。

「找到了！」

精靈們從樹枝間躍下來，不僅抓住了人魚，還遇見了三名不速之客。

哈尼見狀，立刻拿出信物向他們證明身分。就在外出尋找瑟爾的小組歷經千辛萬苦，終於和這邊的大部隊會合之際，雷德的臉色突然變得很古怪。

巨龍一族的天賦之一，就是能通曉萬物之言。

「喂，你們這條魚是從哪裡抓上來的？」紅龍少年指著人魚問。

另一邊，正在相認的一群人齊齊看向他，一個年輕的精靈說：「這條人魚是因為調戲殿……咳咳，是因為襲擊我們的同伴，被瑟爾殿下抓獲的，有什麼不對嗎？」

雷德說：「你們說他是人魚？」紅龍少年搖了搖頭，「難道他不是精靈嗎？」

「什──？」

不等那邊的精靈和人類們從這消息中恢復過來，雷德又說：「而且這傢伙剛才自言自語地說，他已經傳遞消息給族人了，不一會就會有他的族人們來攻擊你們。」

最後，雷德面無表情地投下最後一枚重磅炸彈，「他還說要把薩蘭迪爾抓去做押寨夫人。」

「什麼！」

瑟爾突然打了一個噴嚏，坐在他對面的貝利大法師關切地望了他一眼。

「您身體不適嗎？」

「不，只是被花粉弄癢了而已。」

瑟爾坐在大法師的辦公室，看著老貝利一份份查閱著文件，突然開口問：「法師議會裡，現在有多少人是支持光明神殿的？」

貝利大法師簽字的手一抖，墨痕弄髒了文書。他右手微微一撫，墨跡全隨之消退了。

「聽說您前日去見了弗蘭斯法師？」他沒有直接回答問題，而是以問題反問。

瑟爾點了點頭。

「那麼，你想必也見識到了弗蘭斯法師的為人，而像他這樣專心研究，不關心外物的法師，在議會裡只占了三成。」

瑟爾瞬間明白了他的意思，「所以除了這三成之外，其他法師都選擇支持光明神殿？」

貝利大法師苦笑，瑟爾卻沒有感到意外。

除了伯西恩，大概再也沒有別的法師會愚蠢到為了不相干的人丟了性命。

「我知道法師們向來精明，如今這個局面看起來是我勢弱，他們當然不會選擇支持我。」他接著說，「如果我有辦法改變這個局面呢？」

「那您得讓法師們清楚看到，局面被改變的可能。」貝利大法師回答。

瑟爾說：「好。」

他起身向外走，準備借用一下梵恩學院的傳送陣，直接回營地。他和巴特安插在深淵的人手，也是到用武之地的時候了。

可是瑟爾沒有想到，自己布置在深淵的精兵強將們，此時正被一條人魚弄得雞飛狗跳。

一群黑漆漆的怪物從深淵地下爬出來，雖然不是惡魔，外形卻比惡魔還詭異。最關鍵的是這些黑傢伙速度出奇得快，天馬騎士和精靈們幾乎都跟不上他們的速度。

波利斯．巴特忙得焦頭爛額，惱火道：「那條醜魚呢！把他拖過來，我今天一定要把他烤了做魚翅！」

他已經是第二次說出這句話了，可惜直到最後，他也沒能吃成烤魚。

各種奇形怪狀的黑色怪物從深淵之下蜂擁而出。他們有的像「黑人魚」一樣有著粗壯有力的魚尾，一個擺尾就可以把「弱不禁風」的精靈拍暈；有的雖然沒有魚尾，但是雙臂腋下至手肘處，卻長出了半透明的翼膜，張開雙臂就可以在低空短暫滑行；還有一些看起來和正常人類沒有兩樣，但是速度奇快，來去間幾乎摸不到人影。

整個臨時營地被這些「海陸空」突襲隊伍整得雞飛狗跳。不過還好，這些不明生物雖然各有各的奇特，戰鬥力普遍卻不是很高，在給精靈和天馬騎士們造成短時間的混亂後，又很快被鎮壓下來。

「這都是些什麼玩意！惡魔？魔化生物？還是變異種？」作為瑟爾離開時，負責營地安全的負責人，波利斯．巴特看著這些來找麻煩的傢伙，很是惱火。

「您好，我們可以靠近看一下嗎？」

波利斯回頭一看。嗯，這毛都沒長齊的小鬼是從哪裡來的？

旁邊有人替他解釋了哈尼一行人的身分。

「喔，一個被廢黜的人類貴族，一頭牙都沒長齊的小龍，還有一個墮騎士。」波利斯嗤笑，「樹海裡的那些精靈就派你們這些小鬼來找人？也不怕你們這些小鬼半路走丟了？」

說起來實在慚愧，尋找瑟爾小分隊在路上經歷了迷路、斷糧、差點被光明神殿發現蹤跡等種種困難，最後還是聽到了難民口中流傳的流言，才找到線索趕到這裡來。

要是真的指望他們能連繫上瑟爾，那黃花菜都要涼了。

哈尼臉上竄上一抹羞色，「抱、抱歉……」

「跟我道歉做什麼？」波利斯不耐煩地一揮手，「現在瑟爾不在，你們找他有事，等他回來再說吧。不過，你剛才說『靠近看一下』是什麼意思？你認識這些怪物？」

「不是我，是雷德。」哈尼連忙說，「雷德可以聞出他們（指那些被抓起來，還有正在抗拒抓捕的黑色怪物們）身上的氣味，藉此分辨他們的血脈。他說之前那條人魚身上有精靈的味道。」

波利斯皺了皺眉頭。

「而艾迪是前光明神聖騎士，雖然已經被驅逐了，但是他對深淵的氣息依舊很敏銳。」哈尼說。

「是的。」艾迪說，「就我所感知到的，他們身上的深淵氣息與惡魔相比起來微不足道，與其說是他們自身散發出了深淵氣息，倒不如說，他們是在生活的環境中沾染上的。」

「你的意思是他們雖然生活在深淵，卻不是深淵生物？」波利斯問，「那他們是從哪裡來的？」

哈尼想了想說：「也許是來自——」

「遠古大陸。」

瑟爾咀嚼著這個名詞，看著攔在他面前的老人。

「您就是為了這件事來找我？您要告訴我伯西恩・奧利維還沒有死，可那和我有什麼關係？」

「我說伯西恩的靈魂碎片可能遺失在遠古大陸，是有依據的。」弗蘭斯法師說，「從光明神殿最近的動作來看，都伊應該沒有受到強制結束神臨的懲罰，不過他們卻也沒有進一步擴張。根據我的判斷，都伊雖然沒有被強制遣返，但祂的神識很可能已經隨著伯西恩身體的消散，散落在大陸各地。

目前看來，當天伯西恩的靈魂很可能已經隨著裂谷，流入了深淵。只要搶在光明神殿之前集齊這些碎片，我們不僅能復活伯西恩，還可以阻止都伊再一次神臨。他為了你而死，難道你就不能為他求一條活路嗎？」

「……可是這些都只是您的猜測。」瑟爾沉默了一會說。

他現在必須抓緊時間，拉攏更多盟友，為自己和更多遭受不公的人們爭取一線生機。首要第一件事，就是在梵恩城善於計算的法師們面前，展示他們擁有戰勝光明神殿的可能。

他要立即回深淵附近找波利斯商談此事，不願為其他事分神。

弗蘭斯法師沉默了一會，說：「我聽說你正要去東之深淵。」

瑟爾回頭狠狠瞪了阿奇一眼。

阿奇無辜地眨了眨眼，老師的老師來問他，他總不能昧著良心說謊啊。

「既然如此，我只懇求你願意分出一部分時間，試著去深淵之下找一找。如在三日之內沒有任何收穫，我絕不再提此事。」

幾天不見，弗蘭斯法師的身影顯得如此傴僂，即便戴著高高的尖帽，身高也不及瑟爾的肩膀。這位矮小的老人輕嘆：「只是老弱無能如我，無法親自去救他，只能厚著臉皮來求你。即便你不願答應我這厚顏無恥的請求，也非常正常，畢竟拯救一個人，遠遠比不上拯救一個世界。就算伯西恩為你而死，也算是他自作自受。」

瑟爾覺得自己的心臟好像被人戳了一刀，正在嘩嘩流血時，又聽見老法師說：

「以前我偶爾還暢想過伯西恩帶著妻兒來見我，其樂融融。現在這個願望已然無法實現了，我只想還能有機會看他一眼，哪怕這只是一個奢望……」

「我答應您。」瑟爾深深吸了一口氣。

「真的？」

「真的，如果不還他一條命，我就永遠虧欠他。我不想欠下一份永遠無法還清的人情，那會讓我做噩夢。」瑟爾又問，「不過，我該如何去找他的靈魂碎片？」

「你不是有嗎？」弗蘭斯法師指著精靈胸前，「他的靈魂碎片。」

在瑟爾帶著新增的使命走向梵恩城的傳送陣的時候，看了身邊的跟屁蟲一眼。阿奇對他討好地笑道：「我跟祖父申請了出行，他准許我和你一起去。」

「他放心？」

「把我留在梵恩城，他才不放心呢。」

畢竟，貝利大法師作為曾經和黑袍協會以及利維坦合作，又背叛了他們的一方，結下了不少仇人，阿奇難免會遭受池魚之殃。正因為如此，兩人使用梵恩城的傳送法陣，也不敢直接傳送至惡魔深淵附近，而是輾轉換了好幾個城市，改乘騎寵，最後換成步行，才在兩天之後抵達深淵。

「這裡比大裂谷還要恐怖，連樹都進化成食肉類了！」

就在阿奇嘖嘖感嘆之際，瑟爾卻發現了異樣。他拜託波利斯照看此處，照例說周圍應該有天馬騎士巡邏，可現在他們已經深入了森林，卻連一個巡邏人員都沒看見。

出事了！瑟爾以為有人入侵，立即拔出長劍，一邊將阿奇擋在身後保護，一邊小心翼翼地進入林中。

他看到了伙伴們與「黑人魚」族人戰鬥的痕跡，看到了被波利斯震出來的天坑，甚至看到了被雷德的龍炎燒成焦炭的樹木餘燼，唯獨沒看見半個人影——連一具屍體都沒有。

「這個現場的模樣，就好像有一位像伯西恩老師那麼強大的法師，在一瞬間使用了可以傳送走所有人的瞬移法術。」阿奇用「專業」眼光掃視了一遍，做出判斷，「不過，他們是被傳送到哪裡了？」

瑟爾追尋著痕跡，走到「黑人魚」最初出現的深淵裂口。

他銀色的眼睛看著深淵，開口道：「或許就近在眼前。」

時間回溯到波利斯忍不住張口痛罵，說要吃烤魚的那一刻，不甘被做成烤魚，找不到銀髮美人，又見到族人被痛毆的黑皮人魚終於爆發了。

他對著天空，無聲地發出嘶吼。

下一瞬間，所有人眼前一黑，接著都感覺腳下一震，頭暈目眩，彷彿世界正在顛倒。

感覺到危險，卻發現自己無法化為龍形的雷德甚至嚇得噴出了一口龍炎。然而，當龍炎將周圍的樹木全燒成焦炭時，所有人就像被以利用畫筆輕輕抹了一下——都消失了。

現在瑟爾卻說，他們就近在眼前。

眼前，只有惡魔深淵。

「下來。」瑟爾對頭頂的人輕聲道，「我接著你。」

他腰上繫著藤蔓，藤蔓的另一端綁在阿奇腰上，將兩人緊緊連繫在一起，一旦發生什麼意外，瑟爾都可以及時相助。

他們現在懸在一塊巨大岩壁的側壁上，全身上下可以借力的地方只有指尖和腳尖與岩壁的接觸面，一個不慎，隨時都可能摔下深不見底的深淵，粉身碎骨。

阿奇就攀在瑟爾上方一公尺處的崖壁上，每次低頭，都能看見好似張著巨嘴，要將他吞噬的黑色深淵。淵底不時有冷風夾雜著詭異的叫聲送至耳邊，讓阿奇的雙腳更站不穩了。

在發現營地的人全部消失不見後，瑟爾立刻就決定去深淵之下，追尋失蹤的波利斯一行人的蹤跡。阿奇原本不想跟來的，但是他想了想，留在原地可能還會遇到更危險的事，咬了咬牙還是一起爬下來。

可現在還沒爬到一半，他就已經後悔了。

他一個四體不勤的法師學徒，學人家攀什麼崖啊！

阿奇此時不免有些後悔自己平時不學無術，要是早早學會飛行類的法術，現在還至於在這裡吃土嗎？顯然，他根本就沒有考慮到沒有元素天賦的他，幾乎不可能學會屬於元素系的飛行法術。

「快到了。」爬得比他快的瑟爾安慰道。

「別騙我了。」阿奇雙目含淚，「這麼深的懸崖，就算是一百個雷德化成龍形疊在一起，都露不出一個尖角。現在我們才爬了不到一會，肯定還早呢。」

「我沒騙你。」他聽見下面的精靈說，「你自己低頭看一下。」

阿奇抱著僥倖心理，瞇著眼睛向下望了一眼，隨即驚訝地瞪大。

只見就在他們腳下右方不到十公尺處，一片寬闊的地面呈現在眼前，並往遠處延伸而去，偶爾還可以看見丘陵和山脈，完全就像是另一片陸地。

然而更令人驚訝的是，就在他們腳下左方之處，還是一片繚繞著黑霧的深淵，那些帶著陰溼之氣的黑霧好像惡魔的手臂，張牙舞爪地伸向他們腳下突然出現的那片「陸地」。

阿奇腦筋一轉，很快想起了遠古的傳說，和他們這次潛下深淵的另一個目的。

「難道這就是遠古大陸？它真的沉沒在深淵之中！」

「去看一眼就知道了。」

瑟爾說著，解開腰間藤蔓，放開攀住崖壁的手。即將落地之前，他在阿奇的小聲驚呼之中一腳踏向岩壁，借力在空中一個翻身，輕巧地落在地面上。他落地後的第一件事，就是用手指撚了一把地上的塵土，又試著感應了一下周圍的植物。

土質乾燥如粉塵，周圍沒有任何植物的氣息。瑟爾隨即得知結論，這裡的土壤根本就無法生長植物，至少無法生長正常的植物。

這時候，阿奇也跟了下來，法師學徒氣喘吁吁地道：「你的胸口在發光，薩蘭迪爾！」

瑟爾眉毛一揚，掏出那個小小的透明瓶子，裡面那猶如星辰碎片的物體正散發著微弱的光芒。

阿奇興奮道：「是不是真如弗蘭斯法師所說，周圍有伯西恩老師的靈魂碎片！」

瑟爾沉默地將瓶子塞回衣領裡，沒有第一時間回答阿奇的話。

「難道都伊的神識也藏在這裡？」阿奇又問。

「伯西恩和都伊在不在這裡我不知道。」瑟爾終於回答他，「不過，倒是有別的線索，你來看看這個。」

他在地上找到了一片長長的拖曳痕跡，痕跡旁邊還有未乾的水痕。

阿奇觀察了一會，說：「蛇？」

「不是蛇，是魚。」瑟爾說，「我大概知道，營地的人為什麼會失蹤了。」

「是為什麼——」

阿奇的這句話還沒說完，那些在旁邊繚繞的霧氣突然凝聚成彷若實體的巨爪，朝兩人抓了過來。還好瑟爾早有防備，抓住阿奇往身後一扔，握著長劍就劈了過去。

然而，他的劍劈中巨爪，就像砍中真的煙霧一樣，不但一點傷害都沒造成，還將巨爪一分為二，分成兩隻分別向他和阿奇襲來。

物理攻擊沒效果！瑟爾不再多想，直接使用以利的神術。額頭被灼燒的痕跡開始發熱，不過還好，以利並沒有真正放棄祂的這位聖騎士，依舊將力量借給了他。

瑟爾手中的劍泛出白光，這一次，他輕易就將黑霧巨爪打散了。

「這些究竟是什麼玩意！」心有餘悸的阿奇問，「惡魔？還是純粹的深淵氣息？」

「或許兩者皆有。」瑟爾說著，皺眉打量著手中長劍。

剛才那一擊，他感覺自己所使用的以利神力和以前發生了變化，具體是哪裡改變了，他卻無法分辨，也不知道這是好是壞。

兩人在這時候都聽見了叫喊聲。

阿奇說：「前面好像也有人被攻擊了，會不會那些是失蹤的人？」

瑟爾依舊用行動代替回答，他直接衝了過去。

「噯，等等！我們還沒確定呢，別這麼衝動！」阿奇在身後叫喊。

可琵爾充耳不聞，這一刻，他彷彿又回到了三百多年前的少年時期，做事只憑著一腔熱血，沒有那麼多顧慮、束縛和後顧之憂。

不，或許該說，從踏出伊蘭布林的那一刻，薩蘭迪爾就在一點一點地變回琵爾，促使他做下許多衝動，卻令人拍手叫好的痛快事，也將他從一個沉默、與世隔絕的「聖人」，變成一個有血有肉、會笑會怒的琵爾。

仔細想來，這一切都是從白薔薇城的那一戰開始改變的。那為他守下白薔薇城的黑髮法師，也解開了束縛著琵爾多年的枷鎖。

『是你啊。』

奧利維看著將要吞噬自己的年輕後輩，卻笑了。

那一刻，這位偉大的預言法師是否已經看到了更遙遠的未來？

掛在琵爾胸前的小瓶子在跑動中微微晃盪，不斷貼近又親吻最靠近琵爾心臟之處的皮膚。

琵爾及時趕在黑霧巨爪抓走人之前救下了人。那些巨爪似乎畏懼他的力量，很快就退去，只是盤踞在大陸的斷裂處——那真正的深淵之下，隨時虎視眈眈。

『謝謝你救了我們一命，陌生人。』被救下的路人客氣地感謝他。

可是等琵爾回頭，兩邊的「人」都驚呆了。

「這是怎麼回事？」姍姍來遲的阿奇左看右看，「哇，這些人看起來好像刷了一層黑皮的精靈！」

他說的，正是那些被瑟爾救下的路人。那一群人有男有女，卻都是年輕人，穿著緊身的皮製衣服，揹著粗糙的弓箭和武器，顯然是有備而來的，卻仍然差點被黑霧抓走。不過最重要的不是他們的穿著打扮，而是他們的模樣。

他們容貌俊美，長耳纖細，行動時帶著格外使人賞心悅目的韻律，即便是對瑟爾道謝，也有著克制的疏離。如果不是那碳色的皮膚、紅色的眼睛和白色的頭髮彰顯出他們的不同，這些「人」從脾氣到外貌，簡直和樹海裡的純血精靈們一模一樣！

而且對方剛才開口說的，還是古代精靈語。

瑟爾張了張嘴，突然想到了自己年幼時，問過精靈王的一句話。

這世界上除了樹海，難道就沒有別的地方存活著精靈了嗎？

現在，他知道答案了。

『你是誰？』

『你們是誰？』

兩邊幾乎同時發問。

瑟爾看著對面黑化版的同胞們警惕又焦灼的表情，似乎急於知道自己的身分。他想了想，還是拿出最能證明身分的一樣事物。

他從懷裡拿出了冠冕。精靈冠冕落在瑟爾掌中，即便是在這黑暗無光的地下，也逐漸長出了嫩芽與花瓣，並在「黑化精靈們」熱切的目光中，星沙草緩緩綻放。

一名「黑化精靈」眼中含淚，小心走來，他近乎虔誠地捧起一朵掉落在地的星沙草，熱淚盈眶地親吻它。他激動地回頭和同伴們說著什麼，這一次，瑟爾無法聽懂他們的語言，然而緊接著，他被同胞們緊緊簇擁起來。

他們圍繞著他，半跪在地，口中喊他：『荷爾安娜！』

那是自然女神的名號。

在阿奇疑惑的目光中，白髮紅眼黑皮膚的精靈們，將瑟爾誤認成了自然女神。女性精靈們撿起掉落在地的星沙草，編成花環，親切地幫瑟爾戴上。

『您真美。』她們看著瑟爾，真切地讚揚。

這次即便阿奇聽不懂古代精靈語，也能明白這句話的意思。他忍不住大笑起來。

瑟爾頭疼地看著這群誤會他的精靈們。然而，面對他們真摯而充滿信賴的目光，他又不願意用嚴厲的話語苛責，就在他開口解釋之前，最先走到他面前的男性精靈上前輕輕拉住他握劍的手。

『請跟我們來。』

『請求您。』

他如此哀求著，甚至卑微地低下了自己的頭顱。

瑟爾最終什麼也沒解釋，這導致直到他被帶到這群精靈居住的部落，仍舊被「女神」、「女神」地稱呼著。

同一時間，人類貴族們陸陸續續抵達聖城。羅妮探進伊蘭布林，聽聞到關於萊德維西的事，想方設法要與其接觸。

「利西貝坦小姐。」帶路的神侍為少女指明方向，「在宴會開始之前，您可以在這裡稍作休息。等時間到了，我會安排人來通知您。」

羅妮．利西貝坦眼前是一座占地面積不小的花園別墅，站在別墅的花圃外，便可以看見在裡面低聲交談、行來走往的各位紳士、小姐們。

羅妮認出了這些人都是來自各國的貴族，卻沒有看到她想見的那一位。

在聖城停留的這幾天，羅妮也打聽了不少消息，和其他人一樣，她也更關心那位被聖騎士團團長親自接回來，並特別關照的「殿下」。

那位殿下和他們這些因為走投無路，才來投靠聖城的貴族們可不一樣，人家是貨真價實的，目前實力最強的人類帝國之第二王位繼承人。當時伊馮把人接回來時，在伊蘭布林城的上流圈子裡可是一時激起千層浪，引得人們紛紛猜測「殿下」和聖城之間的關係。

「所有人都在這裡了嗎？」少女似不經意地問。

「是的。如果沒有別的事，我——」神侍微微側頭，用動作表達了自己的意思。

羅妮卻沒有等他說完，而是直接道：「但是我好像沒有看到那位傳說中的王子殿下。」

神侍心裡生出一股不耐，他想，一個不知道從什麼偏僻小城出來的落魄貴族就是沒有禮數，連不該打聽的消息都非要窮追不捨。

他正準備簡單地用兩三句打發羅妮，紫羅蘭長髮的少女卻突然拔出長劍，斬斷了花圃內一朵綻放的薔薇。

「抱歉。」少女收起劍，輕巧地挽了個劍花，「我只是看見有隻醜陋的毛蟲攀在花瓣上，一時心生厭惡。」

她撿起掉落在地的薔薇，為它抖去塵土，又看著那被劈成兩半，正流出膿汁的毛蟲屍體。

「沒有人喜歡看見美麗純潔的事物被玷汙。不過，還是請人來收拾一下吧，畢竟聖城不該是藏汙納垢的地方。您說是嗎？」

神侍不由得顫了一下，本來想說出口的敷衍回答，也不知不覺間換成了真話。

「萊德維西殿下這幾日身體不適，正在休息，想必不能和您等一同參加今晚的宴會了。」

羅妮蹙了蹙眉。

「身體不適，難道是光明神殿的神術也治不好的病症嗎？」

「只是一些小風寒而已。」神侍不願意再多說，「那麼，我先告辭了。」

羅妮看著神侍走遠，緊蹙的眉頭卻沒有鬆開。她想起了這幾日，在聖城內廣為流傳的流言——萊德維西得到光明聖殿的支持，想要與帝國第一王儲一爭高下，他現在留在聖城就是為了儲備實力，同時也是防止得到消息的王儲暗害於他。

第二次神戰的烽煙才剛燃起，「魔癮」的威脅還沒有褪去，人類俗世的王權又和聖城有了這樣的勾結。羅妮想起臨行前，薩蘭迪爾交付給自己的使命，不由得伸出手指按了按眉心。

她怎麼一時激動就接下了這個差事呢，不知道現在去找薩蘭迪爾反悔還來不來得及？

†††

瑟爾腳下一個趔趄，差點從石壁上摔下去，阿奇就跟在他身後，不可思議地看著這一幕。

「你在想什麼？」法師學徒道，「我剛才差點就見證了世上第一個摔死自己的精靈！」

瑟爾老臉微紅，當然不好意思說自己想太多，分心了，只避重就輕地道：「比起擔心我，還是小心你自己腳下吧。你右腳那塊石頭鬆動了，踩下去你就會摔下去。」

阿奇連忙換了一個地方落腳，同時小心翼翼地觀察著有沒有其他危險。

「那群黑傢伙是長了翅膀嗎？在這石頭上走就如履平地。」他同時還不忘抱怨在前面帶路，卻把他們遠遠丟在身後的傢伙們。

「他們必須習慣這裡的環境，否則無法生存。」瑟爾嘴裡隨口說著，卻悄悄伸出手摸了摸胸前的小瓶子。剛才翻過石壁的時候，就是這瓶子突然燙了他一下，讓他不由得分神，差點出了意外。

弗蘭斯法師說，瓶子裡裝的是伯西恩的靈魂碎片，那麼剛才的異狀會是伯西恩在提醒他什麼嗎？瑟爾正這麼想著，原本走在前面帶路的深淵精靈（瑟爾暫時為他們取的稱呼）突然折返了回來。

『請您小心。』

英俊的白髮精靈突然拉住了瑟爾的手，將他往下輕輕一帶。

瑟爾還沒弄清楚要小心什麼，就聽見身後的阿奇「哎呀」叫了一聲。他回過頭，看見法師學徒可憐兮兮地抱著自己的腦袋蹲在地上，好像在半空中撞上了一個無形的障礙物。

「該死的。」阿奇說，「這裡有陷阱啊，為什麼沒有人提醒一下？」

瑟爾看了一眼小心翼翼拉著自己躲過障礙物的深淵精靈，對方回他一個友善的笑容。瑟爾想了想，還是沒告訴阿奇真相。

「跟在他們身後走吧，應該能避開陷阱。」他只能這麼提醒。

最後，一人一精靈在領路人的指引下，躲過了諸如無形的石壁、暗藏箭矢的峽谷、冒著毒氣的沼澤等各種陷阱，才抵達了深淵精靈們的居住地。雖然可以看出深淵精靈們對家園的防備工作做得十分到位，瑟爾卻不怎麼高興。他們如此戒備，說明正有值得他們如此緊張的敵人存在。深淵精靈們的生存環境，並不樂觀。

『荷爾安娜！』

『荷爾安娜。』

然而，上一瞬才這麼想的瑟爾，下一瞬差點又推翻自己的猜想。

當他看見滿峽谷密密麻麻的白髮精靈半跪在地上，對著自己高呼自然女神的名號時，一時之間，思路也停滯了下來。眾人的呼喚在峽谷中形成回音，環繞在瑟爾耳邊久久不散。

阿奇咽了口口水，從他身後冒出頭來。

「如果我沒算錯……」法師學徒與瑟爾對視一眼，「這裡最起碼有上萬人吧。」

從這個山頭遍布至那個山頭，中間還隔著一個峽谷，但每個石壁上都跪滿了人。深淵精靈們只是遙遙向瑟爾一跪就站了起來，似乎只是完成一個重要的儀式。

「樹海裡最多的時候，有多少精靈來著？」阿奇問。

「五千……近百年來，從來沒有超過這個數目。」

然而，生活在深淵之下這個失落大陸的變異精靈，數目卻不止過萬。這讓剛剛才擔憂他們生存環境的瑟爾，大有一種被打腫臉的錯覺。

『冠冕的繼承者。』

擁擠的山道上讓開了一條通路，一位眼角已經有些紋路的年長女性精靈越過其他同伴，走了過來。她不像其他人那樣呼喚瑟爾為「荷爾安娜」，而是一語道出了瑟爾，以及他手中精靈冠冕的真實名稱。

『你是西大陸精靈王的繼承人嗎，我的孩子？』

瑟爾迎視著這位長者慈愛的目光，隨即有些壓抑地注意到，她的頭髮雖然也是白色的，眼睛卻和樹海的精靈們一樣是翡翠色的。雖然她的皮膚同樣是暗色，卻比周圍的深淵精靈們淺淡不少。

『您……』瑟爾心裡有了一個猜測。

年長的女性精靈微微一笑，向他問候道：『自上次見面已經過了千年啦，樹海在格蘭芬瑟的統治下，可是欣欣向榮？』

格蘭芬瑟，那正是瑟爾的父親精靈王繼承王位之前的真名。

瑟爾恍惚了一會，終於想起要回答這位年過千歲的長輩的問候。

『父親已經回應以利的召喚，前往神國了。』

他走上前，在得到對方的許可後，輕輕抬起她的手，將自己額頭貼在對方手背上。

『感謝您的問候，您是……』

『您可以叫我荷爾安。在東之大陸沉沒前，我是自然女神的代行者，東大陸所有精靈們的女王。』荷爾安微微一嘆，『連格蘭芬瑟都無法避開註定的命運嗎？看來西大陸也快要步上我們後塵了。』

瑟爾猛地抬起頭，「您說什麼？」

因為太過激動，他這一句甚至忘記用古代精靈語。

精靈女王荷爾安卻沒有回答他，她看著與深淵精靈們模樣截然不同的瑟爾，又想起了因為被深淵氣息侵蝕，而性情大變的另一部分族人，不由得感嘆自己當年力挽狂瀾做出的決定，究竟是對是錯。

『請跟我來吧。』女王說，『大概一天之前，娜迦們引發了異動，空間曾經一度扭曲，我想那就是你們出現在這裡的原因。』

「娜迦？」瑟爾問，「那是什麼？」

「我知道，我知道！」

阿奇說：「我曾經看伯西恩老師研究過，聽說那是古代人魚的一個分支，好色貪婪又性格暴躁，還有人猜測他們是人魚和惡魔的混血。」

『娜迦是墮落的精靈。』

不知道女王有沒有聽懂阿奇的話，不過她的臉色並不好看。

『是我們為了生存，而走向深淵的同胞。』

†††

黑霧魔爪們攀附在沉沒大陸的邊緣，它們沒有神志，卻有著淺薄的意識。剛才瑟爾打斷了它們的捕食，魔爪們焦躁不已，卻又畏懼於他的力量，不敢妄動。現在好不容易等瑟爾走遠了，黑霧魔爪們又蠢蠢欲動，想要從深淵的邊緣爬上沉沒大陸，去盡情捕獵，滿足它們原始的欲求。

沉沒大陸的邊緣似乎又有無知的獵物走了過來，魔爪們興奮地舞動。帶著不祥氣息的黑霧饑渴地交纏上去，如同巨大的陰影，將那獨自一人的身影襯得渺小。人影似乎沒有注意到即將到來的威脅，側頭望著遠方，凝神思索著什麼。

然而，就在狂亂撲纏上去的黑霧魔爪觸碰到那人影的瞬間，狂風熄滅了，嚎叫啞然了，黑霧們連接近對方都做不到，被某種恐怖的力量無聲無息地吞噬殆盡，連一絲反抗的力氣都沒有。等人影從遠方抽回視線的時候，只剩一縷微不足道的清風拂過他的耳畔，輕輕撫下了他的兜帽。

兜帽下，是一頭燦若流金的長髮。

†††

萊德維西睡醒時，伊馮走上前去。

「您感覺身體怎麼樣？」騎士溫柔地問。

萊德維西卻彷彿沒有聽見他的話，怔怔地看向東方。

伊馮微微蹙眉，察覺到了他的異樣。

自從來到聖城之後，萊德維西在一天中，大部分的時間都在沉睡。用伊馮騎士的話來說，這是因為都伊的力量在改造他的身體，需要消耗能量的緣故。而萊德維西也的確感覺到自己向來空空如也，根本無法儲存任何魔法力量的身體，最近有了明顯的改變——他體內多了一些什麼，那是一種難以言喻卻絕對不容忽視的力量。萊德維西以為這是自己「魔力缺失」的症狀得到了改善，可以吸收魔力的緣故，因此越發配合光明神殿的治療。

然而今天，當他在神殿的中心大堂醒來時，卻一反常態地忽視了伊馮的詢問。

「殿下？」直到伊馮第二次出聲喊他，他才清醒了些。

「我可能是睡到有些迷糊了。」萊德維西看向伊馮，笑著說，「我還做了一個夢，夢見自己遊走在黑暗中，四處都是蠢蠢欲動想要吞噬我的怪物，真是可怕。」

伊馮眼神一動，「你還夢見了別的什麼嗎？」

「沒有。」萊德維西搖搖頭，又看向伊馮，「你希望我夢見什麼？」

伊馮沉默，他不知道這位人類最大帝國的第二順位繼承人究竟是真傻還是假傻。有時候，他總覺得萊德維西能看破他們在做什麼，而更多的時候，伊馮覺得自己是杞人憂天。

「聽說你有一個弟弟因為『魔力缺失』而去世了，正因為這樣，你才會選擇幫助我嗎？」萊德維西彷彿忘記了自己前面的問題，提起另一個話題。

伊馮說：「我個人的情感和神殿的決策無關，我的兄弟也不是因為『魔力缺失』而死的。事實上，『魔力缺失』並不是會導致人死亡的病症，殿下。」

「我知道，但它卻使我們無法使用任何與魔力相關的事物，我們無法成為法師，無法成為聖騎士，甚至無法點燃一盞魔法燈盞——這種哪怕是五六歲的小女孩都可以做到的事，我們卻無法做到。」萊德維西說，「我們明明四肢健全，身體健康，卻宛如魔法世界的聾啞人，格格不入。我有時候在想，既然如此，以利為何還要創造我們這種毫無用處的廢人？」

「你們並不是廢人。」也許是想起了自己的弟弟，伊馮忍不住多說了幾句，「這是以利造物的過失，不是你們的錯。」

「還好現在神殿已經找到了解決的辦法。」萊德維西激動地說道，「等我治好的那一天，我一定要去學習法術，成為像預言師奧利維那麼偉大的法師。謝謝你，伊馮。

你覺得我能實現這個夢想嗎？」

迎視對方純真的目光，聖騎士團長沉默了片刻，覺得喉頭格外乾澀。

「如果神殿能夠早點找到解決『魔力缺失』的方法，你的兄弟可能就不會死。」

「你會做到的。」

萊德維西惋惜地看向他，「我很遺憾。」

「沒什麼可遺憾的。」伊馮淡淡地說，「一千萬人裡面，只會有一人天生無法使用魔力，體內生來沒有魔網。而一千個『魔力缺失者』中只有一個有被治癒的機會，他只是不幸而已。」

「是嗎？那我就是不幸者中的幸運兒了。」萊德維西有些困倦地打著哈欠，「治療還要繼續嗎？伊馮，我有點睏了……」

「請睡吧。」伊馮上前扶住他。

「我好像又要做夢了。」萊德維西喃喃地說，「我夢見了好多黑色的爪子……」

最後，他的聲音漸漸低沉下去，已經分不清是夢囈還是睡前的呢喃。

伊馮將他放回神臺上以後，又靜靜看了他好一會。

這個天真的王子殿下，下一次當他睜開眼睛的時候，還會像這樣感慨自己的「好運」嗎？

不，下一次在這個軀體裡睜開眼睛醒來的，還會是萊德維西嗎？

『你有些不夠專注。』

瑟爾聽到女王略帶不悅的聲音，立刻注意到自己的分神。

『抱歉。』

『你不用對我道歉。不夠專注只會使你自己自食惡果，你對不起的是自己。』女王淡淡道，『你們要對付的敵人，可不是分心就可以應付的對手。』

『實在很抱歉。』瑟爾立刻表明自己的態度，『您說，娜迦是精靈被惡魔氣息感染後與人魚產下的混血，那麼他們還有精靈的特質嗎？』

『娜迦不是精靈，也不是人魚。我無法控制他們，也無法影響他們。他們也擁有精靈和人魚都不具有的力量，佼佼者可以操控空間。這是另外一個全新的物種。』

瑟爾想起了自己抓住的那隻黑皮人魚，或者說，娜迦。他們能夠脫離水，在地面上自由行動，的確不像是人魚。這是一個他完全不了解的種族，根本不知道弱點。

瑟爾開始頭痛該如何將波利斯等人救回來了。

女王好心安慰他。

『除了使用空間力量外，娜迦的戰鬥力不強。你的伙伴們未必處於下風。』

『可是我的伙伴們在這裡無法使用自己的力量。』瑟爾說，『他們根本無法占上風。』

來到這裡後不久，瑟爾就發現在這片失落大陸上，阿奇無法使用法術。女王解釋說，因為沉沒大陸的力量循環體系和外界不一樣，所以外來者無法在這裡使用自己的力量。奇怪的是，瑟爾卻依舊可以使用神力，這點精靈女王也無法解釋。

『或許是因為以利無所不能吧。』

最終，他們只找到一個這樣的藉口。然而瑟爾卻在心裡想，如果以利真的無所不能，他怎麼會眼睜睜看著都伊做出這些事，不予以制止？

他撫摸著自己額頭上的印記。以利並不是無所不能，而是有太多無能為力了。

阿奇從頭到尾都無法聽懂他們用古代精靈語進行的交談，在瑟爾與女王談話的時候一直四處觀察，觀察這些樣貌迥異的深淵精靈，觀察這片沉沒大陸的環境。然後，他發現了一件奇怪的事情。

阿奇思索了一會，趁瑟爾與女王談話的時候，偷偷離開了一回。

『在你去找娜迦們之前，也許我們可以聊一些別的內容。我已經很久沒回到外界了。』出於某種目的，女王轉移了話題，有些懷念說，『你是否願意告訴我，現在外面的情況？』

『我很樂意。』

瑟爾與精靈女王的交談持續很久，到後來，女王索性揮退了其他侍衛，只留他們兩人在原地，她自己則坐到一塊石臺附近小憩。就在瑟爾準備繼續將話題轉到娜迦方面時，阿奇從外面跑進來，一臉驚恐，甚至沒注意到女王還在現場，「薩蘭迪爾！這裡的傢伙都是怪物！」

瑟爾無奈道：「現在不是開玩笑的時候。」

「我不是在和你開玩笑！」阿奇過來抓住他，「我們來這裡都大半天了，我又渴又累，可這些深淵精靈呢？我沒看見他們任何一個人喝一口水，吃一口食物。好吧，就算他們是在工作，不能擅離職守。那麼那些孩子呢？我剛才把我身上僅有的一塊麵包給了一個小孩，可你知道嗎？他根本不會吞嚥。這裡的人有武器、有衣服、有床鋪，但根本沒有廚具、沒有食物也沒有糧倉！他們根本不吃東西！可他們為什麼會活這麼久？」阿奇看著瑟爾。

瑟爾迎視著他的眼睛，感覺有一股寒意從背後升起。任何生物都需要能量才能生存，而絕大部分生物攫取能量的方式是透過進食，只有……

「只有惡魔才可以不靠食物就活下去。這些傢伙，根本就不正常！」阿奇焦急地抓住瑟爾的手臂，「我們先離開這裡，趁他們沒注意到——」

「很遺憾。」

這時候，一直被阿奇忽視的女王突然用通用語開口了。

「恐怕你們無法順利離開這裡。」

†††

「這些該死的傢伙一定是惡魔！」雷德踢飛一個向他撲過來的翼膜怪。

「如果他們真的是惡魔，我們現在早就變成一具具屍體了。」哈尼慶幸他曾向維多利安討教了一段時間的劍法，雖然不足以讓他成為一位劍術高手，但至少讓他有自保之力，不至於在這時候成為累贅。

「如果他們不是惡魔，要怎麼解釋我們突然被傳送到這個漆黑古怪的地方！」雷德反駁說，「我現在甚至不能變回龍型，一定是這些惡魔使用了邪惡的力量。」

「我也贊同。」艾迪附和道，「這裡太奇怪了，沒有陽光，沒有植被，我感覺我們簡直就像是來到了地獄。」

「年輕人們，那是因為你們還沒見過真正的地獄。」一直沒有說話的波利斯也加入了討論，他指揮著天馬騎士（幸好天馬沒有失去牠們的飛行能力）與周邊那些長著翼膜的怪物對抗，偶爾加入年輕人們的討論之中。

在這間隙，他偶爾能看見那隻最早被他們抓獲的黑色人魚正在人群的最周邊，用一種憤怒又不甘的目光看著他們。

在波利斯看來，他們之所以會被傳送到這奇怪的地方，和那黑尾巴的傢伙脫不了關係。不過，除了這神祕的傳送能力之外，黑人魚似乎沒有其他本事了。對於雙方的爭鬥，他和其他有尾巴的傢伙大多時候只能束手無策。

敵人的主要戰力，還是那些雙臂下長著翼膜，可以像鳥兒一樣滑翔一段距離的奇怪傢伙。他們雖然也有著類人的外貌，卻有遠超過人類的速度和敏捷。然而即便如此，他們的戰力也不值得評判，至少在波利斯看來，如果不是他和他的騎士們在這個奇怪的地方被限制了力量，早就把對面的那些傢伙打趴了。

然而事實是，他們已經和這幫傢伙對峙了幾天幾夜，雖然還是不分高下，但是天馬騎士和精靈們也漸漸露出疲態了。畢竟，他們是需要進食的，而對面的那些傢伙們似乎不覺得饑餓——這也是雷德懷疑他們是惡魔的原因之一。

這樣下去對我們不利。作為一名經驗豐富的指揮官，波利斯很快判斷出了局勢。他們的人馬會因為疲憊和饑餓而逐漸落於下方，不過他不準備束手就擒。波利斯摸了摸胸口，在他的外衣裡面，貼近胸口的皮毛上有一塊烙成焦痕的封印。過去五十年，波利斯沒有觸碰過這個封印，因為這是他最後的保命手段。

事實上，如果沒有這個，他也不會有機會成為瑟爾唯一一個存活至今的老伙伴。然而，自從南方自由聯盟渡過了最一開始的艱難時期以後，波利斯就再也沒有解開過這個封印。

現在他想，是否已經到了不得不使用它的時候了？希望它不會像其他力量那樣，被這裡神祕的立場限制住。波利斯祈禱著，手指碰上封印，隨即不知是喜悅還是憂愁地感覺到手指被燙了一下。封印還是有作用，他還可以使用它！

然而就在此時，一直在天馬騎士周圍飛來飛去的翼膜怪物們突然撤開，和身後那些人魚一樣，都突然望向東方，眼中流露出明顯的焦灼和憂愁。

「這是——」波利斯解開封印的步驟因此被打斷了，隨即一股曾經無比熟悉的氣息，從四面八方蔓延而來，將他們所有人吞噬在內。

波利斯臉色一變。

「臭小子們！」他低聲說，「你們的『預言』靈驗了！」

「什麼？」艾迪不解地問。可很快，他就明白了波利斯的話中所指。

「天啊。」

曾經的都伊聖騎士睜大著眼，有些失神地看著那鋪天蓋地從東邊蔓延過來的黑影。因為這裡沒有植被遮擋，更方便他們看清那些陰影的形狀。不，那陰影是沒有形狀的，因為它們幾乎無時無刻不在變化，一種腐臭的味道隨著它們的接近蔓延開來。

「那是什麼？」雷德蹙眉問，紅龍可不喜歡這種臭味。

「是惡魔。」波利斯嘆氣道，「我有幾百年沒見過這麼原生態的惡魔了。看來我們現在所在的這個地方，即便不在深淵內，也很靠近深淵了。」

波利斯．巴特見過這種形態的惡魔。事實上，惡魔本來就不是生物，它們是一種力量的集合體，只有在外界（比如說神印大陸）才會暫時以人類可以理解的「怪物」

形貌出現，而在深淵，它們會回歸最本質的狀態——純粹的邪惡力量的凝結。

惡魔逼近了，波利斯讓天馬騎士和精靈們做好備戰的準備。當惡魔真的接近時，他也已經做好了不顧一切與之交戰的準備。然而，讓他意外的是那些翼膜怪人和人魚，他們放棄了和波利斯等人的交戰，像一群群義無反顧的勇士一樣，撲向了陰影狀態的惡魔。

這幾乎就是送死！

然而，讓波利斯驚訝的一幕出現了。那些撲進陰影中的翼膜怪人和人魚，沒有第一時間就被惡魔吞噬，相反地，他們也開始「吞噬」起惡魔。他們像是最原始的獵食者，用自己的尖牙和利爪一口口撕咬那些幾乎不成形體的陰影，試圖將它們吞下。

這本來是不可能發生的事，然而波利斯眼睜睜地看見一些陰影竟然真的被這些傢伙「吃」下去了。

翼膜怪人和人魚開始吞食起這些陰影！然而，更多人被陰影吞噬。

一旦他們沒能第一時間將陰影吞下自己的肚子，陰影惡魔就會反將他們控制、蠶食，直到這些人的身軀在深淵氣息的操控下，變成沒意志的軀殼，又向自己的同族們廝殺。

波利斯將目光轉向最一開始的那條黑人魚，發現那傢伙也加入了這互相吞食的殘忍競爭中，而且他還是「吃」得最快的那個！陰影們似乎都有些畏懼他進食的速度，不願意往這條人魚身邊靠攏。

年輕人們目瞪口呆地看著這一幕。

「如果我沒看錯，他們是在進食？」哈尼靈光一閃，「這些傢伙是以惡魔身上的力量為食嗎？」

「沒時間討論這個了。」波利斯一把將這小子撈到戰馬上，「趁現在，我們走。」可很快，他們發現自己並不能趁這個機會離開，因為從東方湧來了更多的陰影，幾乎是之前的十倍。

「這可是一頓大餐。」雷德面無表情地說，「如果那些翼膜怪人和人魚還吃得下的話。」

事實上，翼膜怪人和人魚們已經漸漸落於下風。他們的人數和進食速度無法和陰影的數量相比，眼看對方越來越多人在這場吞噬競爭中輸給了陰影，波利斯不免有一種兔死狐悲的傷感。

「波利斯！」

這時，漫天的陰影中竟然有一個熟悉的聲音喊起他的名字。

「瑟爾！」波利斯吃驚地望去，然後下一刻，他的驚訝就成倍增長。

因為他看見從瑟爾身後走出了更多身影，還是一些紅眼睛、白頭髮、黑皮膚的精靈！

怕是自己眼花，波利斯又回頭看了眼自己身後的樹海精靈們一眼，發現他們還是原來的色調。波利斯鬆了口氣，那麼顏色奇怪的就是瑟爾身後的那群精靈！

「這些傢伙是怎麼回事？」

沒等瑟爾開口，那些樣貌奇怪的精靈就和之前的翼膜怪人及人魚一樣，投入了陰影惡魔的懷抱中。

波利斯聽見身後的騎士們齊齊倒吸了一口寒氣，他們以為這些奇怪的精靈也要野蠻地生吞活剝了那些陰影！

事實上，這些精靈並沒有那麼粗魯，他們只是彎弓搭箭，射向陰影。不知那些箭矢上附著著什麼神奇的力量，有些稀薄的陰影被射中後，竟然化作煙霧消散了，並在它們消散的位置，留下了白色的透明結晶。

奇怪的精靈們撿起結晶，又開始射獵下一個目標。這個時候波利斯注意到，他們所使用的箭頭和那些結晶的材質是一樣的。

來自樹海精靈們不自覺地鬆了一口氣，他們可不想看見模樣和自己如此相像的傢伙們也表現得像野蠻人一樣。

「瑟爾。」

「殿下！」

樹海精靈們向瑟爾湧去，將想要開口詢問的波利斯擠到了最外面。

「您怎麼在這裡？」

「這些黑色的傢伙們是怎麼回事？」

看著像老母雞被小雞們圍住的瑟爾，波利斯只能聳了聳肩，表示無奈。

「這是荷爾安陛下的子民。」瑟爾開口解釋，「因為正好到了捕獵期，所以我祈求荷爾安陛下，允許她的勇士們幫助我，一起出來找你們。」說到這裡，瑟爾忍不住皺起眉，「不過現在看來，敵人比我們想像的多。」

他看著天上那些幾乎遮蔽住全部視野的陰影惡魔們。

『這不正常。』一個深淵精靈走過來向瑟爾說，『深淵平時不會派出如此大規模的爪牙，一定發生了什麼事，刺激了它。』

『我們儘快離開。』瑟爾說，『你們已經捕獵到足夠的結晶了嗎？』

這位黑皮膚的深淵精靈點了點頭，裝作不在意，實則非常明顯地看了眼瑟爾身邊的樹海精靈們，『不過，他們好像和您一樣，被我們的舉動嚇壞了。』

瑟爾有些尷尬。他回想起女王用通用語調侃他們的那一幕——

「恐怕你們無法順利離開這裡。」

精靈女王看著臉色微變的瑟爾和神色緊張的阿奇，不由得回想起一千年前，自己還是少女時的一些調皮心思，所以故意嚇了嚇他們。此時，她意味深長地笑，「如果我這麼說，你身邊這位聰明的小傢伙，會不會以為我要把你們吃了？」

精靈女王能當面這麼調侃他們，倒顯得阿奇之前的猜測是多慮了。

法師學徒一時間尷尬起來，實際上，說人壞話被當面指出來可不是什麼愉快的經歷。

好在女王似乎也調侃夠了，正色道：「你們猜的沒錯，我們的確不需要食物。即便是我，也已經近千年沒有正常進食了。然而，這不意味著我們不需要能量維持生命。」

瑟爾馬上意識到，她將告訴他更多關於這個世界的祕密。

果然，只聽見女王嘆了口氣。

「如你們所見，這裡根本不存在能讓正常人果腹的食物。在這種環境下，即便我們沒有墮落成娜迦，也不得不為了生存而做出一些改變。」她還帶著一些翠綠色的眸子閃了閃，「我們只能選擇透過另一種方式進食。」

『我們必須走了。「餌」的數量太多，很快就會有我們對付不了的惡魔被吸引過來。』

聽到耳邊的提醒，瑟爾才將思緒從回憶中抽回，他看著那些黑皮膚的深淵精靈從地上撿起一枚枚白色的惡魔結晶，那既是他們的武器，也是維持他們生命的「食物」。

沒錯，他們為了活命必須以惡魔為食——透過汲取惡魔結晶中的能量，他們成長繁育，繁衍族群。這種驚世駭俗的生存方式，想必沒有人能輕易接受，瑟爾同樣注意到了身邊的深淵精靈有些陰鬱不安的神情。透過這種醜陋的方法生存下來的他們，害怕被人厭惡排斥。

『我會和他們解釋的。』

瑟爾看了另一邊的樹海同胞們一眼，安慰這名深淵精靈，之後向波利斯走去。

「看見你沒事我就放心了。」

波利斯對他一笑，「這點困難還難不倒我。你要知道，我還沒使出殺手鐧呢。」

瑟爾嘴角的笑意收斂起來。他想要說些什麼，最後也只能壓抑住即將脫口而出的嘆息，似笑非笑地道：「是嗎？可惜有我在，可不會給你這麼出風頭的機會。」

「薩蘭迪爾大人！」

年輕人們像小狗一樣湊過來，瑟爾沒有時間逐一揉他們的腦袋，只能簡單打了個招呼，便將身後的另一個小鬼送過去與他們團聚。

「阿奇！你也來了！」哈尼驚喜道。

「你不是回去當爺爺的乖孫子了嗎？難道又離家出走了？」雷德看見阿奇還挑了挑眉。

「謝謝關心，我這次可是光明正大走的。」阿奇回擊道，「要不是有我來幫忙，某些人還不知道要被困在這裡多久呢。」

「哼，我看你是來拖薩蘭迪爾後腿的吧。」

「呵呵，總比某人連原形都變不出來，還被一條魚拐走的好。」

「你們兩個，不要吵架了。」

年輕人們輕鬆的對話，讓瑟爾鬆開了腦中一直繃緊的弦。

「我先帶你們離開這裡。」

「恐怕沒那麼容易。」波利斯苦笑，「我們有近千人困在這裡，只有兩百匹天馬，其他人只能徒步。」

顯然，光靠雙腳的話，是甩不掉身後那些越來越濃的深淵陰影的。

瑟爾說：「我來斷後。」

「我和你一起——」波利斯沒說完，就被瑟爾打斷。

「我們需要一個人保護他們撤退。」瑟爾看向老友，「在這裡，我最能託付的只有你。拜託了，波里，跟著這些深淵精靈撤退，他們會把你們帶到安全的地方。」

正在和阿奇吵架的雷德，耳尖地聽見了他們的談話。

「我也要留下來一起斷後！」

「你留下來能幹什麼？」阿奇卻先反駁他，「現在在這裡能發揮原有實力的只有薩蘭迪爾，你一個變不回龍形的未成年是要留在這裡拖後腿嗎！」

雷德惱怒到雙眼似乎要燃燒起來，卻因為無法反駁，只能委屈地嚥下這口氣。

眼看娜迦們已經逐漸無法應對越來越多的陰影，瑟爾立刻催促：「快走！」

「走！」波利斯不再猶豫，讓所有人立刻跟著深淵精靈們離開。

他們知道哪裡可以安全躲避這些惡魔的爪牙。

「我還沒問你梵恩城的事呢！」大老遠地，只聽見波利斯遙遙對他喊，「我們還要一起去幹掉那個黑心的光明神啊！」

聽見老友的呼喚，瑟爾笑了笑。

當他再次轉身面對鋪天蓋地的陰影時，眼中已經一絲笑意也無。

娜迦們已經不敵黑影了，他們吞食的速度完全比不上越來越多的陰影的吞噬速度。即便在心裡再三告誡自己不應該心軟，然而，在看到這些曾經同出一族的娜迦被陰影吞噬，一個個成為行屍走肉的時候，瑟爾心裡還是忍不住抽痛了一下。

若他不能在這裡擋下這些惡魔爪牙，他身後的同伴們，是否也會變成這個模樣？

瑟爾閉上眼睛，拔出手中長劍，以利神力從他手中緩緩綻放。

惡魔陰影被這刺眼的光芒刺激到了，它們看向這個在黑暗中彷彿自帶光亮的銀髮精靈，放下手中其他獵物，呼嘯著向瑟爾衝去。如此美麗純潔的光芒，只會讓黑暗更想侵染玷汙。

黑人魚同樣放下手中正吞食到一半的「食物」，他的身體幾乎有一半被惡魔陰影吞噬了，即將步入其他娜迦的後塵。然而此時，他卻無暇顧及自己，只是看著綻放神光的瑟爾，嘴裡發出了「呵哈呵哈」的急促聲音。

瑟爾純熟地使用神力，感覺就像在揮舞自己的手臂。不知道是不是越來越熟練的緣故，他使用起這種神祕的力量時已經毫無滯塞。

然而，他只有一個人，終究是寡不敵眾。在這靠近深淵之地，越來越多的黑色霧氣源源不斷地從四面湧來，將瑟爾包圍住，一層又一層，直到那明亮的光芒再也無法透出。

一旁的黑皮人魚不由得著急起來，想要衝上前為瑟爾撕開那濃厚到幾乎窒息的黑影。

然而，有人卻快他一步。

黑人魚沒注意到那個人是什麼時候出現的，等他察覺到不對勁的時候，身邊的惡魔陰影們已經顫抖著開始後退。它們發出哀嚎，一個一個消失在空氣之中，就像被人活生生融化了一般。

融化它們的是一個穿著黑袍的身影。

那個人影高佻消瘦，一身的長袍卻破破爛爛，不知漫無目的地在荒野中流浪了多久。

然而此時他的目標很明確，他朝黑影的最中心——那一抹被黑暗圍攏的光而去。

瑟爾幾乎感到窒息。來自深淵的惡魔陰影遠比想像中得多，然而在確定波利斯他們安全撤離之前，他不能退縮，他必須將自己當做一團火焰，不斷吸引這些飛撲而來的飛蛾。

但他不是神，過度使用力量會讓他精疲力竭，即便是三百年前的那次退魔戰爭，瑟爾也沒有這麼疲憊過，那時候他身邊有同伴，有波利斯、南妮和貝利還有奧利維……

而現在，他一無所有。

與惡魔陰影的長期接觸漸漸影響了瑟爾的神志，讓他的情緒開始往負面偏移。昔日的同伴們一個個離去，精靈王不在了，奧利維去世，自己也成為光明神殿公開的仇敵，還連累同伴們墜入了深淵。

薩蘭迪爾，被人稱為英雄的人卻是那麼可笑，無能又懦弱！

你能夠做到什麼！能拯救墮入黑暗的深淵精靈嗎？能把伙伴們帶出這片失落大陸嗎？

那麼多人為你而死！你卻還沉浸在洋洋自得中，自以為真能拯救這個世界！

黑影纏繞上瑟爾握劍的手，開始往心臟蔓延而去。

惡魔們最可怕的不是它們的力量，而是它們蠱惑人心的手段。瑟爾開始感覺到了沉重的壓力，一道聲音在他耳邊輕聲呢喃。

——休息吧，只要閉上眼睛，這一切都不復存在。你將陷入最甜美的夢境中，再也不用承受苦難。

那聲音輕輕環住瑟爾的意識，似乎有一刻，真的將他抽離了這些痛苦。

眼睜睜看著同伴們步向死亡，目睹精靈王化作滋潤世界的甘霖，而再無法留下分毫靈魂。周圍的人們總用期待的目光看著他，他生來就背負著所有人的期待，所以他不敢累，也不敢在任何人面前表露出一絲不自信，他只能向前。

可是我好累啊，我也會害怕。奧利維不在了，爸爸也不在了，我還能依賴誰？我就不能休息一下嗎？我只想睡一會。少年瑟爾委屈地說。

你不能休息！成年瑟爾著急起來，努力想喚醒自己被迷惑的那一部分意識。

少年瑟爾忿忿不平，和成年的自己對峙——為什麼這些都要我來承受！沒有人，沒有人能幫我！

他銀色的頭髮漸漸被黑暗侵蝕，一個黑影從意識的背景中顯現，從身後環住少年瑟爾。

——我只是想睡一會，就一會。

少年瑟爾依偎在黑影懷中，漸漸閉上了眼睛。

摟著懷中的少年，那神祕的黑影對成年瑟爾的意識，微微一笑。

「瑟爾，你可以休息。」

瑟爾一愣，一時間分不清被黑影攏在懷中的究竟只是他意識的一部分，還是他自己。

現實之中，纏繞在他手臂上的黑氣漸漸往心口蔓延。

就在這一刻，一隻手穿透黑霧，抓住瑟爾握劍的雙手，將他從即將沉落的識海拉出來。

「呼啊！」像是溺水窒息的人終於浮出了水面，瑟爾大口大口地喘著氣。

他的大腦混沌一片，感覺自己只差一點就要被某個泥濘的深淵吞噬了。千鈞一髮之際，有人將他從那個沉淪的夢境中拉了回來。

是誰？那個人現在還握著他的手，莫名地，瑟爾覺得這觸感有些熟悉。

他抬眸看去，瞳孔驟然縮緊。

「伯西恩！」瑟爾錯愕。

站在他面前的黑袍法師，容貌和以前毫無二致。然而當他摘下兜帽，露出來的卻是一頭璀璨的金髮。

——那是都伊的髮色。

光與暗之詩

DEAR MY THRANDUIL

CHAPTER FIFTY SEVEN

深淵

「伯……西……恩。」

那個人慢慢重複著這個詞，金色的眼睛裡流露出類似困惑的情緒。

瑟爾這才注意到，眼前的這個黑袍人不僅是髮色，就連眸色都是金色。這究竟是伯西恩還是都伊？

他警戒地後退了一步，可隨即又覺得好笑。

如果眼前這個人真的是光明神的話，他一切防備的舉動都不堪一擊。

就在此時，瑟爾胸前的衣服透出了細微的光亮。他一愣，但是有人比他更快，那個人掏出他胸前的透明小瓶子，看著裡面正在一閃一滅的靈魂碎片。

「伯西恩？」他金色的眸子裡帶著純真的困惑。

看著一個熟人用這樣的語氣喊著自己的名字，瑟爾的感覺真的再古怪不過了。然而因為這個插曲，他倒是鬆了一口氣。

離開梵恩城之前，弗蘭斯法師曾經和他提過，這一抹伯西恩的靈魂碎片在遇到其他靈魂碎片時會自動產生感應，這就驗證了眼前人的身分。

他就是伯西恩，只不過似乎和以前不太一樣了。瑟爾是親眼看到伯西恩的肉體化為碎屑消失的，不過他大概能理解眼前這個古怪的狀況。

融合、爭鬥、失憶，不論過程究竟是哪一種，既然眼前這個小瓶子發出了感應的光芒，就說明最後在這個軀殼裡留下來的是伯西恩，而不是都伊。

惡魔們陰溼的氣息已經遠去了，瑟爾決定不在此多留。

「跟我走？」他看向眼前這個是伯西恩，又似乎不是伯西恩的人。

「走？」金髮版的伯西恩似乎語言功能不完善，重複了一遍瑟爾的話。

瑟爾沒有耐心了，索性上前抓住他的手，在金髮伯西恩產生反抗這個情緒之前，直接把人帶走，「跟我走。」

這一次，他說的是陳述句。

伯西恩沒有再反抗。一人一精靈快速離開了這隨時可能還會有惡魔襲擊的地區，而他們都沒注意到的是，一抹黑影跟在了他們身後。

†††

「我要回去。」

被帶到深淵精靈們的聚居區的時候，雷德還是忿忿不平。

「巨龍中從來沒有逃兵！這樣的我會成為族裡的恥辱！」

「算了吧。」很早就和雷德相識，了解他脾氣的阿奇說，「你要是把命丟在這裡，才是你們族裡的恥辱。」

雷德果然不再說話了，哈尼為此鬆了一口氣，可是紅龍少年看向阿奇的眼神卻冒著火，似乎隨時都會把法師學徒吞下去。

「謝謝你。雷德總是比較冒失，又容易衝動，我都不知道怎麼安撫他。」

「你不用安撫他啊。」阿奇笑著說，「你是他的騎士，你只要馴化他，讓他乖乖聽你的話就好。」

哈尼睜大了眼睛，「什麼騎、騎士，馴化……」

他還沒說完就被雷德一把推開。紅龍少年怒吼著衝上去，似乎要把阿奇痛揍一頓。然而在他實現自己的目的之前，就被波利斯的大手一把撈起。

波利斯一手撈著紅龍少年，一手拎著法師學徒。

「小鬼們，心情不好不要用這種幼稚的方式發洩。」他看向阿奇，「尤其是你，與其遷怒別人，不如想一想自己能做什麼。」

他這一句話徹底將阿奇心中的邪火澆滅了。

他的確是在遷怒，從雷德說要回去的第一刻起，就在遷怒了。他氣紅龍少年不自量力，回去只會拖累薩蘭迪爾，他更氣自己無能為力，連雷德不如。至少雷德還有底氣說要回去幫忙，可他能做什麼？

阿奇從第一次離開梵恩城，一路上都在接受其他人的幫助，伯西恩老師、薩蘭迪爾、精靈們，可他從來沒有發揮過自己的能力。你看，即便是哈尼，在白薔薇城的時候也算是幫了薩蘭迪爾一次，可自己呢？

阿奇是發自內心不喜歡學習法術，也是發自內心地喜歡繪畫，然而在這一刻，他突然懷疑起了自己。如果一個人連幫助朋友的價值都沒有，那麼他的喜歡還有什麼意義可言？

波利斯見小鬼們都不再說話，以為他們開始自我反省了，滿意地點了點頭。

「請帶我去見你們的頭領。」他對帶路的深淵精靈說。

深淵精靈看著他，眼睛眨都不眨一眼。

「呃，帶我去見你們的領主？主人？族長？」波利斯試著換了不同的稱呼，然而深淵精靈們還是沒有反應。

就在他快要放棄時，一個帶著笑意的溫和女聲傳過來。

「很抱歉，我的孩子們聽不懂現在大陸的通用語。」

荷爾安女王款款走來，她高貴又帶著親切的氣質，很快就讓在場的外人們（天馬騎士和樹海精靈們）意識到她的與眾不同。

「我想，比起『領主』、『主人』這些帶著權力意義的詞語，如果你稱呼我為『母親』，他們更容易明白。」女王一路走來，深淵精靈們看向她的眸光既恭敬又依賴。

「為你們帶路的，都是我的孩子。我想，你們可以稱呼我們為深淵精靈。」

聽到「精靈」這個詞，在一旁的樹海同胞們都下意識地抖了抖尖耳朵。

羅妮又一次混進了這座看守森嚴的莊園。前幾次她的運氣都不怎麼好，沒有遇見想見的人，這一次，她的運氣似乎好了一些，然而，還不夠她甩脫霉運。

她終於如願找到了想見到的那一位，那人身邊卻跟著另一個麻煩人物。

花園裡，伊馮陪伴在萊德維西身邊，聽著王子殿下侃侃而談。

「你根本想像不到我夢見了什麼，伊馮。要我說的話，那簡直可以寫一本傳奇小說了。」隔著不那麼茂密的灌木，羅妮聽到了一牆之隔的談話聲。

「我們逃離了那些可怕的黑色怪物後，又被一隻奇醜無比的人魚盯上了。你知道嗎？話本裡的人魚都那麼完美，我從來沒見過黑得跟碳一樣的人魚，果然童話都是騙人的。那隻人魚一直跟著我們，他隱藏的本事很好，一路上都沒被我們發現。」

說到這裡，伊馮打斷了他。

「這段話邏輯不正確，殿下，既然你們無法發現他，又是怎麼知道他跟著你們？」

「噯，你聽我說完。雖然我們沒有發現被這人魚跟蹤，但是他被其他人發現，這才暴露了蹤跡啊。」

伊馮點了點頭，說：「所以，那個『其他人』幫你們指出了跟蹤的人魚。」

「幫忙？開什麼玩笑，那個人是在想要攻擊我們的時候被人魚擋住了，這才讓人魚暴露了身分！而且，那傢伙有尾巴和犄角，根本不是人類，是惡魔！」萊德維西看向伊馮，「多可笑，而且我竟然還記得這惡魔叫什麼名字，這夢是不是太真實了？」

羅妮屏住了呼吸，同一時間，伊馮似乎也靜了靜。

幾乎就在羅妮心中默念的那一刻，伊馮問出了同樣的問題。

「那個惡魔，叫什麼名字？」

「利維坦！」

瑟爾不意外惡魔的出現，只是訝異出現在這裡的惡魔竟然是一個「熟人」。

黑人魚為他們（主要是瑟爾，伯西恩只是順便的）擋下了利維坦的偷襲，原本就不堪重負的身體，現在出現了和大陸上患上「魔癮」的人類一樣的症狀。

瑟爾現在卻沒有心情關心他。

他和利維坦的最後一次正式見面還是在風起城，那時候利維坦雖然實力強大，卻終究只是一個混血惡魔，而現在……

「好久不見，薩蘭迪爾閣下。」顯然，利維坦也沒有忘記他，「聽說你差點成了都伊的祭品，那些虛偽的光明神僕可真是不懷好心啊。」

他的犄角比以前粗壯了一倍，身上的黑色紋路變得比以前更精緻複雜。這一切，都不過是他現在所有力量外化的十之一二。

瑟爾冷笑，「和光明神殿合作的人，說別人不懷好心？」

利維坦聳肩，「那只是互相利用。說起合作，我倒是想和你合作。怎麼樣，薩蘭迪爾？只要把你身邊的人交給我，或許我可以替你在深淵之主面前美言幾句，幫你對付光明神殿。」

是的，利維坦的目標並不是瑟爾，從現身開始，他的目光就一直在伯西恩身上，甚至他一開始的偷襲就是針對伯西恩。

這位如今已經完全化為惡魔，曾經的「惡魔混血」看著伯西恩，舔了舔唇。

「他身上有濃厚的光明氣息，真像一塊甜美的蛋糕，誘惑著人，忍不住想要吞下肚啊。」他露出邪肆的笑容，「讓人想要撕碎他的血肉，嚼爛他的骨頭，再把他的靈魂做成燈盞，永遠懸掛在深淵。我想，深淵之主一定會很喜歡這份禮物。」

瑟爾能感覺到利維坦身上濃厚的深淵氣息，和那些如陰影一般，沒有肉體的惡魔根本不可同日而語。如果說，在風起城時瑟爾還可以穩穩占據上風，那麼現在，剛經歷了一場惡戰的瑟爾，面對眼前猶如脫胎換骨的利維坦，就不能那麼保證了。

伯西恩沒有反應。從始至終他就像是一塊木頭，半點都沒有顯現出之前輕而易舉消滅那麼多深淵陰影時的威能。

瑟爾不動聲色地移動。

「深淵之主？你是指惡神嗎？他不是在一千年前的神戰，就已經敗在都伊手中，隕落了？」

他悄悄地，帶著伯西恩往黑人魚的方向移動了一步。

利維坦桀桀笑了起來，像是聽見了什麼令人捧腹的笑話。

「隕落？哈哈哈，隕落！」他笑了半天，過了一會突然收斂所有笑意，看向瑟爾。「深淵之主，你知道這個稱呼意味著什麼嗎？這不僅意味著他是深淵的主人，還意味在這個世界上他無處不在！他就是深淵，深淵就是他。薩蘭迪爾，其實你已經見過他了。」

瑟爾一愣，在利維坦說出這句話時，那個摟著少年時期的瑟爾，要將他拖入泥沼的黑影再次浮現在腦海。

『瑟爾。』

深淵之主這麼稱呼他。

光與暗之詩

DEAR MY THRANDUIL

CHAPTER FIFTY EIGHT

請求

神明。瑟爾原本所在的世界並沒有神明，因為偶然機遇重獲新生後，他也並未對這個世界的神明抱有多大的敬畏。在他看來，既然神明也有喜怒，也有征戰，也會計較利益得失，那麼所謂的神明就並非是全知全能、無欲無求的存在，不過是同樣抱有私欲，只是力量比一般人強大些許的「人」罷了。

即便後來遇到了以利，他也一直是這麼想的。

此時聽到利維坦的這番話，瑟爾的心思又更複雜了些。

利維坦的意思，讓他聯想到了被陰影困住時遇見的那一道黑影，如果那個黑影就是利維坦口中所說的深淵之主，那麼，怎麼好像這個深淵之主認識他？那黑影會稱呼他為「瑟爾」，難不成會是熟悉他的某個「人」？

瑟爾一瞬間想到了精靈王，隨即又搖了搖頭。精靈王成神之時也是他湮滅之時，早已不復存在，更何況精靈王成神之前，深淵之主就已經存在了。

那麼這個「熟人」會是誰呢？他也像以利一樣用化身行走人間，所以才認識了自己嗎？

瑟爾回想起百年來結識的每一個人，依然沒有頭緒。

利維坦見他不說話，以為他是有了畏懼之意，便笑道：「你還是識相一點，乖乖把人交給我吧！」

說罷，不等瑟爾回話，他竟然要上手去搶。

就在此時，一動也不動的伯西恩抬頭看了他一眼，就那一眼，利維坦彷彿被利刃刺痛一般，忍不住低呼一聲，摀住雙眼。

瑟爾被他這一喊喚回神志，連忙拉著伯西恩走到受傷的黑人魚面前。

「帶我們走！」

他抓起黑人魚的雙手，銀眸灼灼其華，竟有些燙人的意思。

等利維坦從劇痛中平復過來，原地竟然沒有那三人的蹤影了。他心有不甘，正想要再追上去，可突然平地生風，一道黑霧從他面前拂過，利維坦愣然停了下來。

在這空無一人之地，只聽見他自言自語般道：「是……我知道了。」

他的聲音竟然無比恭謹，過了一會，身影便消失在這片荒原。

再說回瑟爾，他會拉著伯西恩，要求黑人魚將他們傳送到最近的地方，也不過是情急之下的險招，他也不能保證黑人魚一定會帶著他們脫困，可他顯然賭對了。

當瑟爾從彷若要抽離人神魂的暈眩感中找回一些知覺時，第一時間聽見的就是周圍的驚呼。

「瑟爾！」

「薩蘭迪爾殿下。」

黑人魚竟然把他們傳送到了深淵精靈的據點！

瑟爾強撐著暈眩感站起身，馬上被人扶住。

「是不是感覺頭暈目眩，要把隔夜飯都吐出來了？忍著點，等等就好了。」

瑟爾看清扶著自己的人是誰後，忍不住道：「波里，你們……」

「安全，安全，除了你，沒人受傷！」波利斯忍不住翻了個白眼，又去看那耗盡力量昏過去的黑人魚，忍不住道，「不過這小黑皮對你還真是一片痴心，之前我們和他們對打，怎麼威逼利誘要他把我們送回去，他都不肯。現在你一出現，這傢伙就乖乖聽你的話，還把你送到我們眼前。」

他上下打量瑟爾，又想起一件好笑的事，「聽那紅龍小子說，這黑皮還想過要把你搶回去作伴，你這小子一百多年過去了，還是這麼魅力無邊！」

瑟爾苦笑，卻也因為這一個玩笑而掃去了一些陰影。

「伯西恩老師！」

正在這時，他聽見旁邊有人一聲驚呼，似乎終於注意到了另一個人。

阿奇走上前，似乎不敢相信眼前這個金髮金眼的人會是伯西恩，不是看到他「死而復生」太過驚訝，而是這個人前後的氣質截然不同。以前的伯西恩是冷漠，但他會用玩笑去譏笑別人，用譏諷去嘲諷敵人，只能說是一個不太好相處的人。而現在這個，明明有著溫暖的顏色，看起來卻像是個冰塊，毫無人情。

阿奇連忙去看瑟爾，見到瑟爾輕輕點頭。

「弗蘭斯法師交給我的任務，我算是完成了一半。」

至於剩下那一半，自然是讓眼前這個人恢復記憶，儘快變成以前的伯西恩。

波利斯也很是詫異，「你們在外面還遇到什麼了，怎麼會遇到他？」

瑟爾便與他們一一說明。

「利維坦還沒有死？」阿奇忍不住驚呼。

「顯然，他有我們所不知道的機遇。」瑟爾說，「多半和深淵之主有關。」

波利斯蹙眉，「現在這些都無關緊要，重要的是我們得趕緊離開這裡。至於惡神，就讓都伊去心煩吧，哪怕祂們再打個天昏地暗，也和我們無關。」

瑟爾卻不像他那麼想。都伊神臨失敗，深淵之中，惡神再現蹤影，這兩件事發生得如此接近，僅僅是巧合嗎？他下意識地握緊長劍，卻頹然鬆了力氣。

以利是不會回答他的。

「如果你們想要離開這裡，恕我有個不情之請。」

眾人正圍坐一團商討時，精靈女王再次走到他們面前。瑟爾不得不注視著她那雙彷彿閱盡一切的雙眼，在這一刻，他以為自己又看見了精靈王。

荷爾安女王望著他，下一瞬，竟然微微俯下身一拜，對比自己年輕一千多歲的後輩行禮。

「請你幫助我的孩子們，和你們一同離開這裡，薩蘭迪爾。」

瑟爾錯愕，連忙避開這一禮。

他想說自己不可能做到，又想說該如何離開現在根本還沒有頭緒，可這一切，在看見精靈女王那帶著希冀與遺憾的眼神時，啞然無言。

「我曾見過碧藍透徹的天空，見過成群的飛鳥、奔走的野獸，見過溝壑起伏的山川、波瀾萬丈的江河，而我的這些孩子們，他們生下來所能見到的，就只有荒蕪的大地、黑暗的天頂，每時每刻不在和生死搏鬥。我身為他們的母親，只能看著他們一步步墮落，看著他們一天天異化，不知哪一天將迎來終結而無能為力。薩蘭迪爾，我懇求你，請帶他們一起離開。」像是怕瑟爾不肯答應，她又說，「我也不會讓你白白付出。我的孩子們各個驍勇善戰，如果你有需要他們的地方，他們必定能助你一臂之力。」

說完這些，荷爾安深深一拜。

「如果可以，請給他們機會去見一見曠闊的碧海藍天。我請求你，薩蘭迪爾。」

所有人都沉默了。他們看著精靈女王，又看著瑟爾，眼神複雜而沉重。

瑟爾卻感覺到了一股溼潤。

明明沒有下雨，他卻彷彿回到了那個雨天。那一日，化作無數星雨的精靈王，是否也像眼前這位長者一樣，為了自己的子民，為了自己的孩子，做盡一切也不可惜。

他又想起了自己，當年看著惡魔侵入大陸屠戮無辜，心有不甘，和伙伴們扛起反抗的旗幟；他想起了艾斯特斯，這位年輕的王儲，他的弟弟，現在還留在樹海，為了所剩不多的族人殫精竭慮；他想起了南妮和他的薔薇騎士們，想起了在洛克城為了拯救「奴隸」而祕密行動的人們。

是不是每個人，心中都有想守護的事物？是不是他們都願意為了這些心愛之物，不惜一切？只不過有些人劍走偏鋒，誤入歧途；有些人卻化為燭火，燃盡自己。

「好。」

許久，所有人聽見瑟爾做出了回答。那一刻，他們不知該做何感慨。

只有波利斯，像是早就料到，又像是怒其不爭，哼了一聲卻沒有反對。

「不過我要帶您一起去。」

見女王詫異地望著自己，瑟爾笑道：

「畢竟再多驍勇善戰的勇士，在我看來，也比不上一個有千年閱歷的長者。如果我帶你們離開，有問題向您請教，您會不願意回答我嗎？」

「不，當然不會。」

「那好。」瑟爾轉身，看向還在昏迷中的黑人魚，「看來現在，我們有事要忙了。先把他救醒吧。」

波利斯笑道：「這可一點都不好，瑟爾，說不定會要你犧牲美色呢！」

眾人忍俊不禁，原本有些沉重的氣氛也因此一掃而空。

只是在眾人都沒看見的時候，伯西恩直直望向瑟爾。那金色的眸子裡，第一次清晰地倒映出人影。

「瑟爾？」他輕輕喊著這個名字，像是困惑，像是觸動。

瑟爾正好也回望他，一金一銀兩雙眸子互相對望。

深淵中，似乎有一道旁人聽不見的笑聲輕輕傳來。

光與暗之詩

DEAR MY THRANDUIL

CHAPTER FIFTY NINE

儀式

轉眼又入冬了。

今年的冬天對於普通人家來說，卻格外難熬。

「魔癮」肆虐已經不是一日兩日，光明神殿卻還沒有找到對症下藥的辦法，因為薩蘭迪爾與光明神殿公開宣戰，都伊的神僕們自顧不暇，幾乎沒有心思再去管普通人的死活。

這一年，彷彿又回到了百多年前的退魔戰爭時期，大陸上將近三分之一的土地都被「魔癮」傳染，被異變後的怪物們侵占，屍橫遍野，饑民四處奔逃。各大城邦無一不死守城郭，四處招攬職業者填充自身武裝。除了那些寧為財死的傭兵們，現在很少有職業者在荒野遊蕩了，而流浪的饑民們朝不保夕，自然不會到注意周圍的異樣。

這使得整個大陸的人們都慢了一步，才發現那件大事——精靈們離開樹海，全族南下。得到消息的時候，所有人先是不敢置信，最重故土的精靈會捨得拋棄他們的家園？震驚過後，又有不少人冷眼等著看好戲。

南方聯盟魚龍混雜，精靈在北方被光明神殿針對，難道以為逃到南方就會有活路了嗎？

然而，等著看好戲的人們等了許久，直到秋風掃尾，初雪降臨，也沒有人聽見南方傳來精靈與混血們大戰的消息。這實在讓人有些摸不著頭緒。

而此時，距離瑟爾他們墮入沉沒大陸，又過了整整兩個季節。薩蘭迪爾許久沒消息，也讓人們注意到精靈族南下的另一個原因。

沒有了以利聖騎士的保護，精靈們是不可能在圍攻之下再一次守住樹海的。那薩蘭迪爾呢？過了許久還沒有消息，他難道是真的死了？

「要我說，這絕不可能！薩蘭迪爾是什麼人物？當年惡魔們沒能把他磨死，怎麼會就這樣不聲不響地死了呢？」

「那又怎樣？即便是再厲害的角色，他一人能與一支軍隊對抗嗎？我看這薩蘭迪爾肯定早就被光明神殿抓住，祕密處決了。」

屋外飛雪飄揚，在風起城的小酒館裡，燒得暖人的柴火越發熏出幾分醉意，讓人忍不住高談論闊起來。因為薩蘭迪爾自從向光明神殿下了戰書，就再沒消息，不少人都在揣測他的動向。

就在這不起眼的酒館裡，也有兩三個人為此爭吵起來。眼看這群人各執己見，吵得臉紅脖子粗時，角落裡傳來了一道清脆的碎裂聲。

「什、什麼薩蘭迪爾、光明神殿！！」

眾人看去，只見一個少了一隻耳朵的半獸人捧著酒杯，在喃喃自語。

「現在『魔癮』已經快蔓延到南邊了！他們那麼有本事，怎麼沒有人來救我們？還不是不把我們當一回事，要我們自生自滅。」沃利斯嗤笑，「這樣的人再厲害，又與我們有什麼關係！」

他說著，摔碎酒杯，在眾人詫異的目光之下晃晃悠悠地走到門口，「我跟你們說，那什麼薩、薩蘭迪爾，也不過是一個藏頭露尾的小人，我親眼見過他，他——誰？放開我！」

半獸人沃利斯的話沒說完，就被迎面進來的一個兜帽人用力抓住手臂。

「你見過他？」兜帽人不自覺地用力，一縷銀髮從帽檐下滑出來，「在哪裡見得到他？」

片刻之後，某間臨時住所裡，尼爾看著被敲暈、昏睡在一旁的半獸人，又看著臉色僵冷的艾斯特斯。

「就為了這個，你就把不明人士帶回來了？薩蘭迪爾失蹤這麼久，蒙特他們一直在外打聽都沒有消息，一個半獸人，他能有什麼情報？」

艾斯特斯坐在那裡不說話，似乎在生悶氣，其實也是在生自己的悶氣。他們帶著全族轉移到南方聯盟已經有月餘了，這數月裡，在蒙特和波利斯部下的安排下，數千名遷徙的精靈總算有了臨時落腳之地，他們卻已然沒有瑟爾的消息，這要他如何不著急。

蒙特從外趕回來，聽完來由後感慨道：「我大概記得這傢伙是誰。當初瑟爾初來乍到，就是由這個半獸人帶路，讓他帶著小特蕾休住進了客棧。後來這個人被惡魔混血們收買，出賣了瑟爾。」

艾斯特斯的臉色更難看了。

「不過這也不能說他完全沒用。」蒙特笑了笑，「我們說不定可以利用這傢伙，打聽到利維坦那群惡魔混血的消息。波利斯和瑟爾，他們最後都是在惡魔深淵附近沒了蹤跡，這也是一個線索。」

艾斯特斯勉強點了點頭，他看著地上爛醉昏睡的沃利斯，眼中閃過一絲嫌棄。

「我先出去了。」

還不是很樂意與人親近的精靈王儲，就這樣打了聲招呼，推門而出，卻在門外遇見了意想不到的另一人。

同樣是一對獸耳，銀灰的髮，不純的血脈，面對眼前這個半獸人時，艾斯特斯的心情卻複雜許多。

「你……」他開口想要說些什麼，最後只是收回目光，與特蕾休擦肩而過。

特蕾休狐疑地看著他，覺得這個高冷的精靈王儲真是難琢磨，一點都不像瑟爾那麼平易近人。不過她也懶得去理他，重回故地，時隔一年，已經初見少女風貌的特蕾休跑進房裡。

「尼爾叔叔、蒙特叔叔，你們有我爸爸的信了嗎？」

艾斯特斯面無表情地走遠，聽著女孩的聲音消失在一牆之隔的室內。

阿爾維特在外面等著他，此時打趣道：「特蕾休越長越大了，艾爾，你還記得當時薩蘭迪爾從她頭上取下冠冕時說的話嗎？」

「你放心。」艾斯特斯說，「我還沒無能到將全族的責任，交給一個混血女孩。」

「呵呵，你明知道我指的不是這件事。」

艾斯特斯不再說話，薩蘭迪爾消失無蹤的半年來，他也想了很多。關於精靈們的未來，關於光明神殿，關於南方的局勢，薩蘭迪爾不在，他身上的責任只會越來越重。即便薩蘭迪爾回來了，他也不可能卸下這些重擔，他會像他的父親一樣，背負著這永遠的使命，直到生命的盡頭。

在這緊迫而來的命運催促聲中，他沒有時間去為自己思考。有些事，註定不曾開始就已經結束。

精靈王儲最後看了眼身後的小屋。

「走吧。」

他已經做好準備。

†††

「您準備如何了？萊德維西殿下。」

近身的侍從為王子殿下換好服裝。

「今天可是一個大日子，只要完成這最後一次的洗禮，你就將脫胎換骨。」

「是嗎？」萊德維西任由人為自己穿衣，看著鏡中的自己，卻覺得有些陌生。眼神中偶爾透露出的冷厲，讓他覺得那不是自己，而是另一個人。

「結束儀式後，我真的可以重獲新生嗎？」

「是的，殿下。從此以後，再也沒有人能拿『魔力缺失』來置喙您，您可以奪得本該屬於您的一切！」

在侍從們熱切的恭維聲中，萊德維西離開了起居室，並在門口遇見另一個人。

「伊馮，沒想到你會在這裡等我。」王子殿下有些高興。

這半年來，伊馮總是陪伴在他身邊，聽他講述那些似夢非夢的夢魘。他心中，已經將這位聖騎士當做了真正的朋友，「真希望最後一次儀式能順利結束。」

伊馮深深看了他一眼。

「一切都會順利的。」

萊德維西最後一次的洗禮儀式是公開舉行的，對外宣稱，這只是王子殿下接受都伊光輝的一次普通洗禮，卻沒有人知道這場儀式的真正目的。

羅妮作為觀禮群眾的一員，察覺到了聖城內迴異的氣氛。

都伊的神僕們興奮而克制的目光，無法瞞過她的眼睛。然而她什麼都不能做，她只能站在人群之中，看著萊德維西一步一步走向高臺。

就在萊德維西躺上高臺的那一刻，遙遠的東方，惡魔深淵與大陸的交接處，一雙沾滿灰塵的手突然從黑暗深處，攀上了最後一層岩壁。

「那該死的小黑魚！」手的主人罵罵咧咧，「差一點……就被他傳送到半空中摔死了。」

「你該慶幸。」從他身後爬上來的另一個身影說，「我們終於回來了，波里。」

光與暗之詩

DEAR MY THRANDUIL

CHAPTER SIXTY

都伊

伯西恩不記得自己是誰，他在這個世界上看到的第一眼是黑暗，他就從黑暗中而來；他學會的第一件事是殺戮，他就在殺戮中前行。

不知在茫茫荒原中前進了多久，他才遇見第一個呼喚他名字的人，他喊——

「伯西恩。」

瑟爾回首，見到法師似乎沉浸在某種思緒中，難得顯現出幾分冷漠以外的情緒。

瑟爾想，伯西恩失憶後是第一次來到外面的世界。他的記憶裡沒有父母，沒有過去，沒有未來，他在沉沒大陸上唯一見到的，只有惡魔的陰影。

對於外面這個世界，他會不會是惶恐而無措的？

這麼一想，瑟爾的心就柔軟了一些。他溫聲道：「你在外面還有一個家人，我受他所託來尋找你，所以你在這個世界並不是孤身一人。」

伯西恩看了他一眼，沒有說話，金色的眸子中映著瑟爾的身影。

「瑟爾。」他喊了一聲。

「嗯。」

「瑟爾。」伯西恩又喚了一聲，他好像不是在喊一個人的名字，而是遵從本能，無意識地發出聲音——就像飛鳥鳴叫，野獸奔嚎。

瑟爾索性不再回應他這種無意義的呼喚，去和前方的波利斯談話。

他們離開深淵已有一日，不過並不是所有人都離開了，阿倫（那隻黑人魚的名字）還沒有這麼大的本事。他們這次只先出來了一百餘人，按瑟爾和波利斯的計畫，這一批人先去連繫上樹海的同胞們，然後再派其他人過來，將包括深淵精靈在內的所有人一起帶走。

波利斯看著天空，有一絲憂愁，「照理說，我們消失了這麼久，也該有一批人出來尋找我們，可我們到現在沒見到任何人。他們是沒有想到我們在這裡，還是他們想來卻不能來？」

瑟爾知道他擔心的是後者。

「我先去。」他說，「阿倫還能使用一次傳送，我讓他先送我回一趟樹海。」

「好。」波利斯也不廢話，他就是這個意思，「那我先去一趟白薔薇城，那裡是目前離深淵最近，也不排斥精靈的城市，我帶人去那裡探一探消息。」

兩人當下就做好決定，並告知了其他人。雷德他們幾個年輕人自然沒有意見，只是阿奇說：「我想回一趟梵恩城。」

其他人驚訝地看向他，那個將梵恩學院當做囚籠，恨不得時時刻刻逃離梵恩城的人，竟然想要主動回去？

瑟爾看著他，注意到就在墜入沉沒大陸的這幾日，年輕的法師學徒身上已經發生了不少改變。他曾經在自己身上經歷過這種改變，他知道或許下一次再見到阿奇，法師學徒就已經脫胎換骨了。

「可以。正好我完成了和弗蘭斯法師的約定，那你把伯西恩也帶回去。」

伯西恩站在一旁，面無表情，似乎對別人就這樣安排自己的去向沒有任何意見。

阿倫的下半身不能暴露於人前，瑟爾便幫人魚裹上一層罩住全身的黑袍，並把人抱在懷裡。

「那我們走了。」

黑人魚歡天喜地地摟著瑟爾的手臂，似乎毫不在意自己「俘虜」的身分。他望著瑟爾，嘴裡嘰哩咕嚕地喊了幾聲，除了雷德之外沒人能聽懂，而唯一能聽懂的雷德露出一副不忍直視的表情。

黑人魚獨有的轉移時空力量在他們周圍升起，衣角無風自起，空氣中扭曲出一道狹長的裂縫，逐漸將瑟爾與人魚一起裹挾進去。在看見他們的身影逐漸消失的那一刻，波利斯剛鬆一口氣，就看見身邊有個黑影飛快竄過去，抓住了瑟爾的手臂。

「伯西恩老師！」

「伯西恩！」

被抓住的瑟爾錯愕地看向金髮金眸的法師，張嘴想要說什麼。下一瞬，三道身影一同消失在了空氣中。

波利斯目瞪口呆。

「這……」他看著身後其他人，「這個情況應該不會引起什麼意外吧？」

†††

聖城的儀式已經進行到了第二天。

儀式的過程實際上非常枯燥，除了一開始能看到萊德維西一面，最後只能遠遠看見一個躺在石臺上的人影。久而久之，旁觀的人群一一散去，只有些另有目的的人留了下來。

羅妮就是其中之一。這幾個月來，她奉瑟爾的命令，在聖城及各地貴族之間打探消息。因為她曾經的身分，人們對這位被薩蘭迪爾破壞了家族繼承，導致家毀人亡的少女並沒有多少戒心，羅妮也因此搜羅了不少情報，其中就包括這次儀式。

在外人看來普通的儀式，貴族們卻知道這是一次實驗，如果成功，那麼萊德維西就會擁有能爭奪王位權柄的實力，擁護這位王子的貴族們都殷切期盼著儀式的成功。

然而在羅妮看來，這場儀式卻有著別的內幕。

她站在人群周邊，看著那些輪流巡邏的聖騎士們，還有始終守護在王子身邊的伊馮。聖城對這一場儀式太過重視了，他們究竟想從萊德維西身上獲取什麼？

躺在石臺上的王子面容俊美，金髮傾瀉在身側，宛若神光。伊馮望著這雙臉龐出神，當他看見那個人的睫毛顫了顫的時候，下意識握緊了雙手。

「伊馮？」

不知該鬆一口氣還是該失望，這一次醒來的還是萊德維西。伊馮鬆開了拳，有些意外萊德維西竟然在儀式的中途醒了。

「怎麼，你又夢見了什麼？」

萊德維西看著他不說話，這讓伊馮心裡緊了緊。

王子卻笑了笑，「伊馮，一直以來都是我在和你說等我病好了，想做什麼，你還沒告訴我你想做什麼。」

「……你是為了這個才醒來的？」伊馮喉頭縮緊。

萊德維西沒有說是，也沒有否認。

「我想不再失去。」伊馮看著自己的雙手，彷彿還能看見逝去的弟弟不甘心的面容，「我希望能用雙手掌控自己的命運。」

萊德維西看了他好一會，微微一笑。

「你會做到的，伊馮，我會幫你實現。」

伊馮猛然抬頭，雙目探究地看向萊德維西，而王子殿下已經閉上了眼睛。就在這一刻，臺下傳來了眾人的驚呼。

「看那裡！」

人們見到萊德維西身上散發出光芒。

「是神跡！」

「都伊的榮耀光輝！」

圍觀者們紛紛下跪。

伊馮伸出去的手還沒碰到那束光芒，就像被燙傷一樣縮了回來。

他在後悔什麼呢？這場「神跡」不是他們期盼已久的嗎？

而此時，光芒已經越閃越亮，萊德維西再次睜開了眼睛，這一次，他的雙眸不再如天空般的透徹，而是無機質的金色。

聖騎士收回手，低下了他的頭顱。

「吾神。」

臺下的眾人在神壓之下早已站不穩，神僕們卻紛紛露出欣喜若狂的目光。

都伊僅看了看他忠誠的騎士一眼，就把目光投向了半空中。他雙眸緊盯著那裡，帶著不易察覺的警醒。

下一刻，若干人影閃現在空中。

「薩蘭迪爾！」

眼力好的神僕們驚呼。

伊馮眼尖地發現，薩蘭迪爾身邊還有一個眼熟的故人。他胸前有什麼閃爍著光輝，連都伊的神光都要退避三分。然而，這個片刻間的身影就像是幻覺，轉瞬間就消失了。

「那是什麼？」

人們議論紛紛。再看向石臺時，都伊和他的聖騎士皆已消失在原處。

羅妮小跑著離開，她胸腔裡的心臟跳得飛快。在她避開無數耳目，跨過一個個轉角時，終於循著感應，見到了想見的人。

「薩……都伊！」

在喊出瑟爾的名字之前，少女的目光先被他身邊金髮金眸的人吸引，不由得驚呼出聲。

伯西恩聞聲向她看去。

都伊？

看來，他在這個世界的名字又多了一個。

†未完待續†

高寶書版集團
gobooks.com.tw

BL080
光與暗之詩 第四卷 他的名

作　　者　YY的劣跡
插　　畫　Gene
責任編輯　陳凱筠
封面設計　林鈞儀
排　　版　彭立瑋
企　　劃　黃子晏

發 行 人　朱凱蕾
出　　版　三日月書版股份有限公司
　　　　　Printed in Taiwan
地　　址　臺北市內湖區洲子街88號3樓
網　　址　www.gobooks.com.tw
電　　話　(02) 27992788
電　　郵　readers@gobooks.com.tw（讀者服務部）
傳　　真　出版部　(02) 27990909　行銷部 (02) 27993088
郵政劃撥　50404557
戶　　名　英屬維京群島商高寶國際有限公司臺灣分公司
發　　行　英屬維京群島商高寶國際有限公司臺灣分公司
　　　　　Global Group Holdings, Ltd.
初版日期　2023年7月

本著作物《神印》，作者：YY的劣跡，由北京晉江原創網絡科技有限公司授權出版。

國家圖書館出版品預行編目(CIP)資料

光與暗之詩. 第四卷 / YY的劣跡著.-- 初版. -- 臺北市：三日月書版股份有限公司出版：英屬維京群島商高寶國際有限公司臺灣分公司發行, 2023.07-
冊；　公分. --

ISBN 978-626-7152-76-8 (第4冊：平裝)

857.7　　112006422